光文社文庫

倒叙ミステリー傑作集

黒い蹉跌（さてつ）

鮎川哲也のチェックメイト

鮎川哲也

目次

晴のち雨天 5
井上教授の殺人計画 41
偽りの過去 69
蟻 111
未草（ひつじぐさ） 145
あんこう鍋 187
首 231
笑う鴉 273
編者解説　山前（やままえ）　譲（ゆずる） 324

目次、扉イラスト／ Adobe Stock

晴のち雨天

1

「小山じゃないか」

声をかけられたのは、南町のかどで、タクシーを拾おうと手をあげたときである。仙六は反射的にふり返った。だが、かえりみるまでもなく、尻上がりの口調から、相手が長久保であることは判っていた。

「お前か」

小山仙六の赭顔が、みるみるうちにどす黒くなった。会いたくない相手である。最後にわかれる際に、今後はまったくの他人であり、二度と訪ねたりしないことを固く約束したはずだ。仮りに往来でゆきあうことがあっても、目をそらせてすれ違うことになっていたではないか。

「約束がちがうぞ」

「久しぶりに会ったんだ。そう頭からがみがみいいなさんな」

長久保一郎は目をほそめ、小山の怒りを無視して笑いかけてきた。齢は小山とおなじ五十五歳だが、銀髪長身の一見紳士風なタイプである。上物のツイードを着て、胸から色物のハンカチを覗かせている。鼻がたかく顔がほそい。わかい頃にさんざ女を泣かせたというのも、満更ホラではなさそうだった。

タクシーがとまり、運転手が扉をあけた。

「乗ったらどうだ」

「うむ」

長久保がひと筋縄でゆかぬ男であることはシマにいた時分からよく知っている。だからこそ、あのときの相棒に彼を起用したのだった。その長久保につきまとわれた以上、ある程度の被害は覚悟をしなくてはならぬ。

「早く乗れよ、話は車の上でもできる」

「うむ……」

「行く先は寺町だろう」

思わず小山はたじろいで、ステップにかけた靴をおろした。犀川大橋をわたった寺町には妾宅がある。長久保に図星をさされたとおり、これから池田田鶴子のところにいって、ズワイ蟹を肴にちびちびやるのを楽しみにしていたところであった。社員にもかくしていたこの秘密を長久保が知っていたということは、彼にとってひとかたならぬショックだった。相手がただものではないことを、小山仙六はあらためて思い知った。

百円玉をにぎらせて車をゆかせた。

「なんだ、乗らないのか」

「乗るのらぬはおれの勝手だ。どこかでめしを喰おう」

返事もきかずに、小山は歩き出していた。この辺で相手ににぎられた主導権をとり戻さなくてはならぬ。そういった焦りもあった。

賑やかな香林坊まではほんの五分とかからぬ距離である。電車通りからちょっと横にそれると映画の劇場がならんでおり、そこをすぎると料理店街になる。ゆきつけの水たきを喰わせる店は、その入り口の近くにあった。

「さすがに北陸だな。秋風が身にしみる」

あかい提灯を横目に、ふと長久保が肩をおとして独語した。その瀟洒な服装とはまるきり反対の、いかにも疲れたようないい方だった。

おくの座敷にあがった。目で女中を去らせると、小山は独酌でつづけざまに盃(さかずき)をほした。その合間に、がつがつと音をたてて喰っている昔の仲間に、不快そうな目をなげた。

「行先が寺町であることがよく判ったな」

その問いは先方に聞こえなかったようだ。二度くり返したとき、ようやく長久保は箸(はし)をおいた。

「あとをつけたんだ」

「ふむ」

「お前の会社がひけるのを待って、五日間尾行(びこう)をしたよ。敵さんの情況をしらべるのは、おれの作戦の一つだからな」

そういうと、長久保はまた忙しく口をうごかしはじめた。よほど飢えているのだな、と思う。喰い物を前にするともう我慢ができなくなり、紳士風の仮面をかなぐり捨てて夢中でかぶりついているさまが何ともあさましくて、小山はふと視線をそらせた。

五年前、彼らはあとのふたりの仲間と語らって、いい加減の名前の会社を都内に設立し、幽霊株を発行して旨(うま)い汁をすったのである。小山が社長、長久保が専務という役だった。両人が一流ホテルのロビイで葉巻をくゆらしながら待っていると、社員に化けた若い男がカモをくわえてやってくる。小山たちはその客を煙にまいて株券を売りつけ、どろんをするのだった。

社名も事務所も幾度となく変えた。あるときは土建会社であり、またべつのときは漁具の製造をする会社だったり、ウラン鉱の採掘会社であったりした。猪頸(いくび)で押し出しのいい小山仙六は、いつの場合も社長の役をつとめ、やっているうちに自分が本物の社長であるような錯覚におちいって、いっそう磊落(らいらく)に振舞った。小山ひとりだったら、その悪徳代議士じみた風貌から怪しまれることもあったかもしれないが、かたわらに長身の長久保がたっていて、おうような態度で銀髪をなでていると、どんなカモでもころりと参ってしまう。

社長と専務と青年社員のほかに、関東近県を歩いて、欲の深そうな、そして少し頭の足りなそうな土地成金をさがして廻る役の男がいた。

四人が四人とも、シマと呼ばれる兜町(かぶとちょう)の水をのんだことのある相場師(そうばし)くずれだった。なかでも長久保と小山とは、小学校をでるとすぐに株屋にでっち奉公にあがったベテランである。しかも時代が「銀行よ、さようなら」という謳(うた)い文句がそのままなんの抵抗もなく通用した株式ブームのころであった。面白いように金が入った。

だが、四人は賢明だったといえる。株券詐欺はおそかれ早かれ足がつくことを知っていた。だから、ひとりのとり前が二千万に達したときをきりとして、どれほど儲かっていても思い切りよく会社を閉じることにしていた。

そして、四人とも東京をあとにして、思い思いの土地に散ってゆく。以後は音信不通ということにするばかりでなく、たまたま、街角で見かけることがあっても、声をかけるのはさし控えるという約束であった。

小山はまず四国にいって目をくらましたのち、この金沢に移住した。ペテン師仲間の誓約が信ずるにたりぬことは、小山自身がよく知っていたからだ。

「……それにしても出世したもんだな」

ポケットからハンカチをとりだすと、唇をふきながら長久保はいった。胸の飾りハンカチとは違ってうす黒く汚れている。

「ああ、苦労したよ」

と、小山はかるく目をとじて答えた。二千万という元手はあったが、わずか五年の間に従業員二百人をこえる食品会社を築きあげた苦難はなみならぬものだった。いまでは、東京と大阪のデパートに、金沢名産の胡桃漬やゴリの佃煮、ふぐの粕漬などを出荷するまでになっている。

「伊沢はどうした？」

小山自身が、仲間の消息をほじくらないという誓約を忘れて訊いた。伊沢というのは、わかい社員の役をつとめた男だった。

「死んだよ。酔っ払い運転でね」

「どこでだ？」

「奈良だ」

「よく知ってるな」

長久保は声をださずに短く笑った。小山は、以前から長久保のこの特徴のある意味ありげな笑いを好いていなかった。

「悪銭身につかずというが、おれの場合は本当だったな。二千万の金も一年ですってしまった。だから奈良へいった」

「なぜ」

「伊沢に喰わせてもらうためだよ。ところが、いまいったように彼は一年後にお陀仏だ。よせばいいのに、買ったばかりの車にキャバレーの女をのせて走った。ぐでんぐでんに酔って飛ばして、ダンプと正面衝突さ」

長久保は、赤い顔をしかめて、吐き棄てるようにいった。いかにも口惜しいといった表情だ。

「それから室蘭にいった。田中のやつが不動産業をやっていたからな」

「元気か」

小山は、田中十吾の実直そうな顔を思い出していた。彼の小学校の校長然とした物腰にだまされて、多くのカモが狩りたてられたのである。

「あれも死んだ。町の料理屋に客を招待してフグを喰ったところが、これに当たったんだな。爾来、おれもフグはやらないことにしている」

「ふむ」

「おれが喰らいついたやつは、どういうものか妙な死に方をする。お前には長生きをしてもらいたいと思うよ。お前に死なれると、こっちの口も干上がるんだからな」

「縁起でもない」

小山は、いまいましげに髭をこすった。

「それにしても、よくおれの居所がわかったな」

「おれは鼻がきくからな。どこにいても判るのだ」

どうやら腹がふくらんだとみえて、銀髪の詐欺師はゆったりとした口調になっていた。

2

予期したとおり、長久保一郎はゆすりに出た。いやだといって断われば、幽霊株の一件を当局に告げるというのである。

「おれは平気だ。女房も子もない尾羽うち枯らした風来坊にすぎないのだからな。しかし、お前はそうもゆくまい。小企業だとはいえ、苦心の結果きずき上げた事業がある。寺町には大事な二号もいる。月々の口止め料十万といえば安いものではないか」

しばらくの間小山は、怒気をふくんだ目で、しゃあしゃあとした長久保の顔をにらみつけていた。だが時間がたって気がしずまるにつれ、その申し入れを呑むほうが賢明であると考えるようになった。こうして、長久保一郎は、顧問という名目でコヤマ食品の禄をはむようになったのである。

十万という高額の給料をとるものは、社長をのぞけばひとりもいない。しかも、出勤するのは月曜と木曜の二日という呑気な条件である。小山の独裁する会社であるから不平をいうものはなかったが、奇異の目で見られるのは是非もなかった。

「ありゃわたしの古い友人でね。この春停年で東京の食品会社をやめたんだ。東京の業界では知らぬものがないくらいのベテランなんだよ。今後は、うちも彼のアイディアを活かしてやっていこうと、こう思っているんだがね」

　社長室に出入りする誰彼に、小山仙六はそんなふうに説明してきかせた。むかし取った杵柄で、嘘をつくことには自信がある。緩急のこつも充分に会得していた。加えて、長久保が堂々たる姿を社長室に現わすと、それだけで人々は小山の言葉を信じてしまうのだった。

　それから半年ちかく、平穏な状態がつづいた。月々十万という手当てを払うことは、ちょっと考えると、馬鹿らしくもあったけれど、それと事業とを天秤にかけてみると、惜しいなどとはいっていられなかった。長久保に対しても、小山はいやな顔ひとつしたことはない。

　周囲の人々の目に、ふたりの男は額面どおりに仲のよい旧友として映ったに違いなかった。長久保にしても、この最後の金蔓を失いたくはなかったとみえ、小山にはつとめて下手に出て、仙六がいないところでも、彼を社長、社長といって持ち上げていた。そうした点、長久保も賢明であったと言える。

　近頃の新聞には、兜町の記事ののることがしばしばであった。それを読んだりするたびに、ふたりは日本橋の近辺の掘割りを背にしてたっていた喰い物屋のことを話題にした。

「あの鰻屋で喰っていると、どぶ臭い風が吹いてくるのでいやだったな」

「それもそうだが、橋のたもとのそば屋のもりには閉口したもんだ。つゆが甘すぎて、あとで塩辛いたくあんを喰いたくなった。それも毎度のことだぜ」

ふたりとも、小僧から叩きあげた男である。兜町の郷愁をたち切ることはむずかしかった。こうした昔話をかわしているときに、小山は、ふと、自分をゆすっているダニのようなこの男を、ほんとうの旧友であるかのように錯覚することもあった。


わずか一度のことにすぎなかったけれども、彼を寺町の別宅に呼んで馳走したことがある。長久保はいかにも遊びなれた男にふさわしく洒脱にふるまい、揚句には田鶴子の三味線に合わせて甚句を唄ったりした。しかし、長久保のずぶとい狎れ狎れしさと、それに同調する田鶴子の態度が大いに不快であったので、以後は二度とふたたびこの男を寺町の家に招こうとはしなかったのだ。

長久保が金沢にやってきて半年ほどのちの、五月のはじめの木曜日であった。社長室に入ってきた彼は、その物腰にいつになく落ち着きを欠いていた。まともに小山の目をみようとはしない。給仕が茶をもってくると、すぐに蓋をとって口をつけ、舌を焼いたりした。水飴屋の主人が用談をすませてでていくのを待っていたように、彼は小山の前にたった。

「どうしたんだ」

「頼みがある。ぜひ聞いてもらいたい」

「給料に不満があるというのか」

「いや、そんなことじゃない」

「はっきりしろ。いまは忙しいんだ」

長久保はテーブルの上に面長の顔をつきだした。レンズの奥の目がひとしきりまたたいた。

「寺町のあの女をゆずってもらいたい」

「なんだって？」

「齢甲斐もないと笑われるかもしれないが、おれは本気なんだ」

呆れた思いでみつめていると、さすがに長久保も照れたように目を伏せた。

「一度逢っただけでか」

「いや、きみにはすまないが、週に一回は逢っている。向うもおれを好いているというんだ」

　小山は、立ち上がって怒鳴りつけたくなるのを、辛うじて自制した。テーブルの下でにぎりしめた両手の拳がふるえている。大切な囲い者をぬけぬけと譲ってくれという図太さに腹をたてたのは勿論だが、自分の目をぬすんで逢い引きをしていたという田鶴子の行為も許せなかった。

「あれがお前を好いているなんてことがあるものか、そいつは自惚だ」

「そうじゃない。昨日もはっきりとそういった」

「おれが首を横に振ったらどうする？」

　長久保は先程のしおらしい態度から一変すると、目を思いきりひろげて、真っ向から小山を見た。

「そんなことはしたくないのだが、密告する。例の一件をな」

　落ち着きはらった声でひくく断言した。この一言が、結局は小山にあの恐ろしい仕事を思いつかせたことになる。

3

田鶴子が長久保になびいたという話は、あるいは事実なのかもしれない。酒樽に手足を生やしたような不恰好な自分と、ひと頃はやったロマンスグレイという言葉がぴったりと当てはまる長久保とを並べてみたときに、女性がどちらに点を入れるかは明らかだった。

そうは思うものの、田鶴子が自分を裏切ったとは信じられなかった。どちらかというと田鶴子は古風なタイプの、従順で思いやりのふかい性質の女である。一重瞼で、北国の女性らしくどこかもの淋し気な感じの容貌にひかれたのは事実だが、同時にそのやさしい性格が気に入ったから二号にしたのであった。

ぬかみそ臭い、しなびかけた女房を失ってやがて一年になろうとしている。一周忌の法事をすませたのちに、正妻に迎えようとしていた矢先の出来事なのだ。小山は冷静たり得なかった。退社時刻を待ちきれずに車を寺町にとばせた。

浴室で洗濯機をまわしていた田鶴子は、小山の声をきくと手をふきながら、いそいそと玄関にでてきた。

「そんなことはどうでもいい。それよりお前、長久保によろめいたというのは本当か」

「あら、お早いのね」

「……………」

「黙っていては判らん。はっきりといえ！」

ぺったり坐り込んだ田鶴子を見据えながら、小山は、ずっとむかし明治座かどこかで観た新派悲劇にこれに似た筋書のあったことを思い出していた。

「好きなら仕方がない」

吐きすてるようにいって妾宅を出て来たものの、田鶴子をゆずる気は毛頭なかった。古風な言葉でいうならば、小山は田鶴子にぞっこん参っていた。長久保に愛情をいだいているのが事実であることを知ったいまもなお、その気持は変っていない。長久保のような好男子が目の前にあらわれれば、どんな女性でもふらふらとするのは当然ではないか。小山はそう考えることによって、田鶴子に対する怒りをすりかえていた。

だが、最初から殺人を企てたというと、それは嘘になる。元来が詐欺をやるような男だから、多分に良心の麻痺した性格の持ち主であることは確かであるが、その小山仙六にしても、ことが殺人となるとべつだった。はじめのうちは、単に長久保の殺害方法をあれこれと心に描いて楽しんでいたにすぎない。しかし、その空想が徐々に発展して、やがて完全犯罪ともいうべき一つの形が出来上がったとき、彼は長久保の息の根をとめることによって、一切のトラブルから解放されることを、真剣に考えるようになっていた。

人を殺したときに、最も重要な問題は、しっかりしたアリバイを用意しておくことだ、と小山は考えた。長久保を殺したあと、果たして平素とかわりなく振る舞うことができるかどうか、確信はもてない。だが、仮りにそのために怪しまれるようになったにせよ、長久保が殺された日にまったく離れた場所にいたというアリバイさえあれば、当局は一指もふれることはできないはずである。小山はまず、偽(にせ)アリバイをつくる手段に思いをめぐらした。

偽アリバイを用意しておいて係官の追及をのがれるという話は、しばしば推理小説で読んだ記憶があった。しかし、いざ自分がそれを考案しようという段になると、いくら頭脳をしぼってみても、これはと思うような素晴らしいアイディアは浮かんでこない。かといって、小説のなかに描かれたやり方を、そのまま借用するわけにもいかなかった。捜査官がおなじ小説を読んでいたなら忽(たちま)ちばれてしまう。やはり、自分で新しい方法を考えだすほかはない。

小山がそのプランを思いついたのは、寺町の妾宅の寝床のなかにいたときのことである。耳をすませると、犀川のながれが、枕をつたわってかすかに聞こえてくるようであった。かたわらの田鶴子は、藍の浴衣にくるまって、かるい寝息をたてていた。

長久保への愛情を告白したにもかかわらず、小山がおとずれるたびに、彼女は以前と少しもかわらぬ態度でまめまめしく仕えた。手当てをもらって囲われている以上は、そうすることが自分の勤めであると信じ込んでいるようだった。田鶴子のそうした考え方が小山には好ましくてならないのだった。

この女を奪われないためにも、なんとかして、アリバイ偽装の方法を工夫しなくてはならない。そう思うと、茶にうかされでもしたように、容易に寝つくことができなかった。それが、輾転反側して夜半におよんだ頃に、忽然として一つの考えがひらめいたのである。いまさらいうまでもないことだが、アリバイが成立するかしないかは、つねに兇行の日時と相対して考えられることなのだ。被害者が殺されたのは、何日の何時頃だ、だからお前のその時刻の行動を訊きたいのだ、と捜査官は突いてくるのである。小山仙六にその時刻の偽アリバイを考案するだけの才覚がないならば、反対に兇行時刻のほうを操作して、これを自分の都合のいいように曲げてしまえばいいわけだった。

小山は考え続けた。仮りに長久保を一日に殺しておいて、自分はその足で人間ドックに入ってしまう。そして、兇行が二日にあったようにみせかけるならば、容疑者である自分は病院のベッドに寝ているのだから、完璧なアリバイができるという寸法である。

暗い寝室のなかで、考えがまとまっていくにつれ、小山は次第に興奮してきた。そして、むやみに髭をこすりつづけていた。

長久保は明らかにじりじりしている様子だった。顔を合わせるたびに、声をひそめて、仙六の返事を催促するのである。

「まあ、そんなにせくなよ。気持を整理するには時間もかかる。一か月でいいから待ってくれないか」

心のなかを読まれて、先方に警戒心をおこされてはまずい。小山は、長久保に対しては、つとめて笑顔を忘れないようにした。すでに計画は充分にねられ、明確な輪郭をとっている。小山の笑顔は、同時にまた自信のあらわれでもあった。

小山が苦心したことといえば、兇行現場をどこにするかという問題である。屍体がすぐに発見されると、解剖の結果、いつ殺されたかということは簡単に見当がついてしまう。そうなっては犯行時日をずらせようとする小山にとって困るのである。兇行日のはっきりした線が打ち出されぬようにするには、屍体がある程度いたんだあとで見つかるようにしなくてはならない。

理想的な場所をさがしだすまでにまる五日もかかったが、ようやくのことで卯辰山の中腹にある廃屋を見出した。戦時中は防空監視所だったというなかば崩れかけたコンクリートの建物である。北に向かって立つと、正面の谷の間に、市の火葬場と塵芥焼却場がならんでみえる。その陰鬱な眺望を嫌い、おとずれる物好きはほとんどいなかった。まさにそれは願ってもない好条件の廃墟であった。

兇行の日を、六月十三日の日曜日に決めた。その日の夕方の急行で大阪へむけて出発すると、四泊したのち、木曜日の夕方に戻ってくることになっていた。社用という名目の旅だが、ほんとうのところは、はっきりとしたアリバイを用意しておこうというのが狙いであった。長久保は十三日に殺されるのだけれど、それを十四日に殺されたように錯覚させるのである。だから小山としては、当日の大阪における行動をできるだけ明確なものにしておけばいいのであった。

その日曜日の午後、小山は長久保のアパートを訪ね、田鶴子が先にいって待っているという口実をつかって、彼を卯辰山にさそい出した。

卯辰山は市の東北の、百四十メートル余の丘陵(きゅうりょう)である。一帯は公園になっていて、特に日曜日は人出が多い。だがそれは飛鳶台や望湖台、玉鬼丘のあたりであって、監視所の付近はまるきり人影をみなかった。

「どこだね、彼女のいるところは？」

銀の柄のついたステッキを大きく振り、長久保はあたりを見廻しながら問いかけてきた。小山の前では、田鶴子のことをいつも彼女という代名詞でよぶのである。

「すぐそこだ。きみは知るまいが、うまい団子をくわせる茶店があるんだ。秋声(しゅうせい)や鏡花(きょうか)の碑もたっているよ」

と小山はなに喰わぬ顔をしていった。

途中で昆虫採集の中学生とすれ違ったときは思わず苦い顔をした。まずいといえばまずかったが、長久保は翌十四日に殺されたことになるのだ。十三日に歩いている姿を目撃されたところで、べつに支障はないと思い返した。

小山は気をとりなおすと、とってつけたように明るい調子になった。

「おれは五時の特急で大阪に行かなきゃならん。一緒にめしを喰えないのが残念だが、きみ、田鶴子をどこかいい店につれていかないか。田鶴子はあれで洋食が好きなんだ。肉の焼き方なんかに一人前の文句をつけるんだぜ」

そういうとさもおかしそうにつきでた腹をゆすぶった。

「ところで、印鑑を持って来いということだったが、それはどういうわけだ？」

長久保はステッキで道端のアカマンマをなぎ倒すと、くるりと小山のほうを向いてたずねた。ひたいに垂れた銀髪をかき上げようともしない。どこまでも美男子を気取っていやがる。小山はそっと舌打ちをした。

「あとになって面倒がおこるといけないからな、田鶴子を加えた三人で一札をとりかわそうと思うんだ。異存はあるまい？」

「ないとも」

と彼ははずんだ調子で答え、またステッキをふり上げて雑草をたたいた。しかし、誓約書に捺印するためというのは口実にすぎない。印鑑は、小山のアリバイを完璧なものとするために必要なのであった。

ゆるやかな勾配の道を迂回すると、右手に灰色の建物があらわれてきた。濃緑の山と蒼く晴れた空をバックにしたその廃墟は、一段とみすぼらしく見えた。

4

十七日の木曜日の夕方、小山仙六は大阪の旅から戻って来た。これはいつものことだが、列車が犀川の鉄橋にさしかかると、わが家に帰ったようなほっとした気持ちになるのである。黄色く濁って水嵩の増した流れに目をやりながら、小山は寺町の女のことを思った。

改札口をぬけるとタクシーを拾って橋場町の自宅にむかった。家には病妻を看護させた派出婦がそのまま い ついていて、家事の面倒をみてくれているのだが、今度の出張中は富山の家に帰していた。

玄関の扉をあけ、たたきに投げ込んである新聞に目をやると、小山は鞄をわきにおいて、手袋をはめてからそれを拾いあげた。彼の態度はこのときから慎重をきわめたものとなった。行動の一つ一つが計算されたとおりに運ばれなくてはならない。

四日ぶんの北国日日新聞のなかから、十四日の朝刊だけをとりだすと、書斎に入った。そして、前以って屍体の服からぬきだしておいた鰐革のサックを机にのせ、口金をひねって、なかの印鑑をとりだした。長久保がシマにいた頃に使用していたのだろうか、かなり使い古された象牙であった。小山は、十四日付の朝刊のなかのスポーツ欄を破りとると、それを机において、サックのなかの印肉をつけて二、三度捺印した。

つぎに、針箱をあけて銹びついた針をとりだすと、それで印鑑を丁寧に掃除して、文字の間につまっている古い印肉をほじくり出した。そして針についた肉のかすをプロ野球の選手の顔写真の上になすりつけた。こうして、印鑑を一応きれいにしてしまったのち、ふたたびサックのなかの印肉をつけて、二度三度と捺印した。金田や長嶋ばかりでなく、ボクシングの選手の顔も朱色によごされていった。

そうした仕事をすませてから、十四日付朝刊をまとめて鞄にしまい込むと、家をでた。これからしばらくの間の行動は、すべて人目をさけなくてはならない。車を拾うこともできないのである。彼はソフトを眼ぶかにかむりなおすと、卯辰山の現場へ足をいそがせた。

二つ目の電停から右におれ、卯辰高町をぬけたところに初代歌右衛門の墓がある。それを右にみて、汐見坂にさしかかると、もう行きあう人影もなかった。小山は安心して上体を起こすと、速度をゆるめ、大きく肩でいきをしながら登りつづけた。

その夜の仕事は、平常の神経では耐えられぬほど恐ろしいものであった。が、小山の心には恐怖感はまったく湧(わ)かなかった。それが失敗すれば死刑台にのぼらねばならないのだ。設計図にひかれた線は極く微細な点もおろそかにすることはできないのである。一切が緊張の連続であり、ぴんと張りつめた心には恐怖を感じるゆとりはなかった。

懐中電灯にはハンカチをかぶせて光を弱くしてある。廃墟の地下室におりた彼は、しばらく耳をすませてあたりの様子をうかがったのち、鞄のなかから十四日付の新聞をとりだした。ついでコンクリートの破片のちった床にひっそりと横たわってい る屍体を抱きおこし、その指紋を新聞のそれぞれのページにつけた。長久保がその新聞をよんだことにする以上、そこに彼の指紋がついていないことは不自然であったからだ。と同時に、他人の指紋がついていてもぶちこわしになるのだった。手袋をはめているから小山の指紋はつかない。家政婦を富山に帰したのも、彼女の指紋のつくことをおそれたためであった。その仕事をおえると、つぎに印鑑をとりだして、それにも死人の指紋をつけた。それがすむと印鑑をサックに入れ、長久保の上着の内ポケットにおさめた。

この現場に自分がやって来た痕跡(こんせき)をのこしてはならない。小さなボタン一個をおとしたがために、完全犯罪を逸した例もある。小山は、自分自身が刑事にでもなったように、身をこごめて床を点検した。そして、何一つ手落ちのないことを確かめてから、ほっとして階段をのぼった。ともかく、これで最大の難局は無事に突破したことになる。

ふたたび橋場町までもどると、今度は堂々と車を拾って、市電の小立野終点の先まで走らせた。金沢大学の近くの寺の横に、長久保のアパートがあるのだ。車をおりると、大阪土産の塩昆布の箱をとりだして手にさげた。はたから見れば、土産をもって仲のいい旧友をたずねたという恰好になる。

青風荘は二階建の中クラスのアパートだった。各戸はそれぞれ庭にむいた入り口をもっており、近頃やかましくなった居住者のプライバシーを犯さぬように設計されている。長久保がいつからいなくなったのか、隣人にそうしたことが判るはずもなかった。

以前にも、二、三度たずねている。この計画に着手する前にも口実をもうけて訪問していたから、内部の様子はよく心得ていた。入り口の扉の上に換気窓のあることも、釘が折れていて指でおすと半回転することもたしかめてある。

小山は暗い扉の前にたった。隣の家からテレビのコマーシャルにまじって、幼い子供のはしゃぐ声が聞こえてくる。あたりの様子をうかがって人目のないのを確かめておいて、鞄のなかから釣りのときに用いる折りたたみ椅子をとりだしてひろげ、その上にのった。片手で回転窓をあけ、片手にもった懐中電灯で照らしてみる。居間の窓にはカーテンがひいてあり、そのカーテンの裾のところに坐り机がある。机の前に赤っぽい座布団のしいてあるのもみえた。

小山は、窓枠のほこりに痕をつけないように注意しながら、机めがけて十四日付の朝刊を投げ入れ、さらに、丸めたスポーツ欄のページをほうりこんだ。この新聞紙のなかには、印肉をほじった針がくるんである。後日、長久保の姿を見かけないことで騒がれて、警官がこの部屋を調べるとき、そこに印肉で汚れた十四日の朝刊が捨ててあれば、長久保が最後にこのアパートを出たのは、十四日の朝刊をみた後だということになる計算である。長久保は運動にはまるきり関心のない男だった。彼がその日の新聞を汚しても、それがスポーツ欄であるならば、少しも不自然ではない。

やがて屍体が発見されて、ポケットから印鑑がでてくると、この想定はより一層はっきりとした形をとってくることが期待できた。そして十三日夕方に金沢を発ち、その夜から大阪の宿に泊っていた小山には、ゆるぐことのないアリバイが成立することになるのだ。

すばやく椅子をたたんでから、小山は郵便函(ばこ)に手をつっこみ、たまっている新聞のなかから、北国日日新聞の十三日の夕刊と十四日の朝刊をとりだして自分の鞄に入れた。十四日まで生きていた長久保が十三日の夕刊を読んでいないとあってはおかしい。また、家のなかと函のなかの双方に十四日の朝刊が入っていては怪しまれるもとになる。そうしたことも充分に計算ずみのことであった。一切のことをすませてしまうと、小山は隣近所に聞こえるようにはげしく扉を叩いた。

「おい、長久保君。寝てしまったのか、おい……」

5

長久保の失踪(しっそう)が問題となったのは、久しぶりで小山が出社した日のことである。月曜と木曜と二日とも欠勤しているという話を聞かされて、小山は急に顔をくもらせ、思案するように小首をかしげた。

「妙だな。じつは昨晩ぼくがいったときも留守だったんだよ。なにしろ世間が物騒だから心配だ。交番に届けたほうがいいんじゃないか」

あくまで友人の身を憂うるように声をおとしていった。そして、その日の夕刻ちかく、長久保の部屋が調べられて例のまるめた新聞が発見されたという報告が入ったとき、小山は、してやったりとほくそ笑みたくなるのを辛うじて耐えた。

「ねえ、長久保さんどうしたのかしら」

寺町に泊りにいくたびに田鶴子はそう訊いた。単に話題としてたずねているのではなく、しんから長久保の身を案じているさまが、声の調子によくあらわれている。

「どうしたんだろうな。おれも心配しているんだ。月曜日の朝までアパートにいたのは判っているんだが、それから先のことが雲をつかむようなのだよ。何処かの都会に女がいて、そこへいってしまったんじゃないかという噂もある」

小山は友人の身を心配するように、声をひそめた。眉をくもらせた女をみていると、加虐的なたのしさをさえ感じるのだった。

手掛りがつかめぬままに、当局では隣県の警察本部にまで連絡をとった。だが長久保の行方は杳として知れない。社長室にも何回となく刑事がたずねてきたが、小山は終始落ち着いて応対し、動揺をみせることがなかった。それは小山自身にとっても意外なことであった。計画にとりかかる前までは、夜毎に長久保殺しの夢をみて魘されるのではないかと案じていたのだけれど、いざ実行してみると、自分でも呆れるほどにけろりとしていた。

最初のうちは、顎のしゃくれた刑事が三日にあげずやって来たが、捜査が一向に進展をみせぬものだから、次第に顔をみせないようになっていた。

その刑事が卯辰山で屍体が発見されたことを知らせに来たのは、長久保を殺してからちょうど十五日目にあたる月曜日のことであった。その日の朝、シェパードをつれた訓練士が現場の前をとおりかかると、地下室の階段口に坐り込んだ犬が異常な様子をみせて吠えつづけ、それが屍体発見のきっかけになったというのである。

その報告を聞かされた瞬間、小山は椅子の腕をにぎりしめて思わず身を固くした。犬のするどい嗅覚で追跡されれば、犯人が自分であることはたちまち判ってしまうではないか。呼吸がはげしくなった。顔中の毛穴という毛穴から汗がふきだすような気がした。しかし刑事はなにも気づかない様子で、屍体のポケットからでた印鑑のことを話題にした。

その日の夕方、寺町の家で風呂に入り、さっぱりとした気分で田鶴子の用意した食卓にさし向かいになると、小山は、さりげなくきりだした。

「今日も刑事がたずねて来たよ」

長久保の屍体が発見されたこと、それも殺されて捨てられていたことを知って、田鶴子はひどい打撃を受けていた。その気持ちをとりつくろいもせず、落胆の様子をあからさまにみせるのが、小山には腹立たしくてならなかった。

「それで、何か判ったの？」

「いや、長久保のポケットに印鑑証明をした実印が入っていたというので、なぜそんなものを持ち歩いていたのだろうと訊きに来たんだ」

「で、なんといって答えたの？」

「おれが知っているわけはないじゃないか。ただ、土地を買いたいなんていっていたから、不動産屋でもたずねるつもりではなかったのだろうかと、そう答えておいたよ」

土地を買う云々と答えたのは事実だが、長久保が、そんなことを語っていたというのは嘘である。だが、刑事と同様に田鶴子もそれを信じたようだった。

「すると、どこの不動産屋と交渉していたのかと訊くから、知らないといっておいた。事実、そこまでは聞いていなかったし……」

「でも、調べれば判るわね」

「そりゃそうだ」

「可哀そうに。殺されるとき、こわかったでしょうね」

「後ろから撲られていたそうだから、自分では知らなかったんじゃないかな。地下室にひきずり込んでおいて、金目のものをすっかり抜いていったらしい。財布も、ポケットの小銭も盗まれていたという話だよ」

小山には自信があった。警察がどう苦心をしたところで、真相をつきとめられるわけはないのだ。

「下手をするとこの事件は迷宮入りになるのじゃないかな。そんな気がする……」

「どうして？　犯人は不動産屋じゃありませんか。シェパードに臭いを追跡させればすぐに判ると思うわ」

「ところがそう簡単にはいかないんだ」

小山は血色のいい顔に思わずうす笑いをうかべていた。彼は心から雨に感謝したいと思った。

「十四日から三日間も雨がふりつづけたじゃないか。あれで何もかも消されてしまったというんだな。それはそうときみ、喪服を持っているかね？」

色の白い田鶴子が喪服をつけた姿は、いちだんと美しくみえるに相違ない。小山は目をほそめ、串にさしたドジョウの蒲焼を口にもっていった。それは土地の名物だった。東京育ちの彼は、金沢に住むようになってはじめてこの川魚の本当の味を知ったのである。

昼間の刑事がふたたび訪ねてきたのは、それから一時間あまりたった頃であった。小山と田鶴子はテレビニュースのスイッチを入れたまま応対にでた。顎のしゃくれた貧相な刑事は背後にもうひとりの同僚をつれ、玄関のたたきに立っていた。こちらはがっしりとした怒り肩の男で、齢は同年輩の三十二、三歳にみえた。

「ちょっとお訊きしたいことが出たんです」

「どうぞ」

小山は少し迷惑そうな表情をみせて答えた。田鶴子は坐っていたが、彼は立ったままで刑事を見おろすような形だった。いくら調べて廻ったところで事件が解決するわけがないのだ。そうした自信が彼に傲慢なポーズをとらせていた。

「あなたが大阪に出張されていた間中、こちらはかなりの雨が降ったのですが、このことはご存じですか」

「帰ってから聞きましたよ。もっとも大阪も十四日から雨でしたがね」

刑事の質問の真意に、小山はまだ気づいていなかった。

「で、お訊ねというのは何ですか」

「それはですな。長久保さんの部屋をたずねたときのことですが、洋服ダンスのなかにレインコートがちゃんと入っているんですよ」

　顎のしゃくれた刑事は、舌がみじかいとみえて、舌っ足らずな喋り方をする。そのぺたぺたした調子が、小山の癇にさわっていた。

「しかしまた、レインコートを二着持っていたのかもしれないし、あるいは傘をさして出掛けたのかもしれないと、そう考えていたのですな」

「…………」

「ところが、発見された屍体をみるとどうです。現場には傘もない。ズボンはアイロンをかけたままのようだし、靴も濡れた様子はありません」

「…………」

「となると、長久保さんは雨の降らない日に出掛けたのだという結論がでてくるのですよ。警察医は、殺されてからほぼ二週間をへているといっていますから、外出したのは、さしずめ十三日の日曜あたりだと考えられるのです」

「しかし――」

「十四日付の朝刊に、ハンコを掃除したあとがついているとおっしゃりたいのでしょう？」

　刑事は、小山の心を読んだように、その言葉を封じた。

「あれにもミスがあります」

ミスがあるとはどういう意味だろうか。小山には刑事のいうことが素直に呑み込めなかった。

「新聞には、たとい同じ日の朝刊でも内容の変ったものがあることは知っておいでだと思いますが……」

「…………」

「ご存じのはずですがな。郡部に配達するやつは早く刷って夜明けに発送しなければならない。しかし市内に配達するぶんはそれほど急ぐ必要はないから、その後に入ってきたニュースを組み込んで輪転機にかける。これは郡部だけの話ではないんですよ、金沢市内でも、市の中心部と町はずれでは違っています」

「…………」

「大学近辺に配達される北国日日はつねに四版なのです。長久保さんのアパートにくばられているのも、勿論おなじ四版です。ところが、あの部屋に捨ててあった印肉のついたやつは五版でした。調べてみると、誰かが五版を持ち込んで、そのかわり新聞受けのなかの四版をとっていったことが判ったのです」

「…………」

かたい沈黙が一分間ほどつづいた。刑事は発言の反応を待つように、じっと小山に目をそそいでいた。ややあって、田鶴子がうわずった声をだした。

「そうしますと、印肉の掃除をしたのは長久保さんではなかったというのでしょうか」

「そうです。ついでにいえば、小山さんの本宅のある橋場町のあたりに配達されるのは五版ということになっています」

刑事の話を、小山はうわの空で聞いていた。田鶴子の射るような視線にもまるで気づいていないようだった。

「ところで小山さん。その十三日の日曜日に、卯辰山公園のちかくであなたと長久保さんを見かけたというひとがいます。当時のあなたの行動を説明ねがいたいのですが……」

刑事は言葉をきり、小山の返答を待っている。小山はとびだしそうに目を開いて宙をみつめていた。微(かす)かに唇が動いたが、それも言葉にはならなかった。

井上教授の殺人計画

1

私立探偵が報告をすませて喫茶店をでていくと、井上宏はそれまでのさりげない態度を放擲して、にがい顔になって考え込んでしまった。

いまのいままで、ひょっとすると……という疑惑に身も心もさいなまれつづけてきたが、それでいて胸の片隅では、たんなる思いすごしであってほしいと祈ってもいたのである。

だが、その願いも無残にうちこわされてしまった。二週間をかけてまとめられた私立探偵の調査結果は、このロシヤ文学者の希望を裏切るものばかりであった。

妻の道代は、四日に一度の割で昼さがりの情事をたのしんでいたのだ。レポートには、道代ともうひとりの男がホテルや旅館の門をくぐる数枚の写真もそえてあった。道代のほうはさすがに気がひけるとみえて、うつむいているが、相手の男はどうどうと胸をはり、まるでレストランにでも入ろうとするときのようだった。

大河原忠雄（おおかわらただお）、テレビのプロデューサーである。肩幅がひろく、腰がほそい。明るい笑顔をたやしたことのない男だった。髪が濃くてうわ背がある。身だしなみもいい。同性である井上自身にしてからが、この話題が豊富で話術のたくみなプロデューサーに対座していると、妙に気持がはずんできて、いつになくお喋りをしてしまうのだった。

　半年ばかり前になるが、大河原のつとめるテレビ局で、《家庭大学講座》という番組をはじめた。文科や理科の教授や講師を、大量に動員して、ゼミナールをひらいたのだ。家庭の主婦や、結婚前のわかい女性が対象である。井上宏はロシヤ文学史を担当させられ、今日までつづいてきているのだが、それが思いのほかの好評で気をよくしていたのである。

　大河原は仕事熱心だった。クーペを駆って井上をたずねてくると、彼の講義をいかにおもしろく聴（き）かせるかという問題について検討をくり返した。トルストイやツルゲーネフの写真はだれでも知っている、そういって、珍しいマイナー作家の肖像をさがし集めて視聴者に紹介したのも大河原だった。レールモントフの詩をとり上げた際に、これに作曲したチャイコフスキイの歌曲のＬＰをみつけてきて放送したのも、やはり彼であった。

「大河原君は熱意のある男だね。それに男っぷりもいい」

そんなことをいって道代にほめたこともある。事実、ちぢれ毛のうすくなった、つねに何かを疑っているような小さな目つきのロシヤ文学者は、どれほどりきんでみたところで太刀打ちできない。

「そうかしら」

道代はあかい唇をほころばせ、とがった糸切り歯をみせてさり気なく笑った。

「あまりととのった顔はきらいよ。油断できない気がするわ」

ともいったものだ。

そんな言葉が、亭主を安心させるための心にもない嘘にすぎなかったことを、彼はひと月もしないうちに知ったのである。道代がしきりに外出するようになったからだ。それも、夫が大学で講義をする日にかぎられていた。

井上は、激怒するということがなかった。どれほど立腹しても、相手を大声で叱りつけたり、目の前で茶碗をたたき割ったりはしたことがない。

その夜、おそく自宅にかえったときも、きわめて平静だった。自制してそうしたのではなく、自然にそのように振舞ったというほうが当っている。

「遅かったわね」

「ああ、学生と呑んだ。歌ごえ喫茶というのかな、ロシヤの民謡があんなに歌われているとは知らなかった」

苦もなく嘘がつけた。いままで、悶々の情をいだいて巷をさまよっていたなどとは、いえたものではない。

「お食事は？」

「まだだ。軽いものにしてくれ」

「はい」

うなずいて去っていく妻の顔が、この頃目にみえて美しくなってきたのを、彼は改めてにがい気持で見送った。

2

衝動的な爆発をしないかわりに、井上宏の感情は内にこもった。道代に対しては、今までと変りなく接してはいたが、冷たい原子の火のように心のなかで燃えつづける怒りは、やがて、きわめて徐々に殺意に昇華されていった。

新聞の身の上相談の先生たちなら、たちどころに幾つかの解決法をならべたててくれるだろう。そうしたことは彼も知っている。けれども井上は、自分の誇りを疵（きず）つけた妻をゆるすには、あまりに自尊心がたかすぎた。彼の殺意は、ふみにじられたプライドの代償であった。

相手の男、大河原も憎かった。しかし、そしらぬ顔をして夫を裏切っている道代への怒りは、それよりもはげしかった。道代はどうしても殺さねばならない。道代は大河原と夫との三角関係を清算するために自殺したように偽装しておく。やがて屍体が発見されれば、プロデューサーは非難の矢面（やおもて）に立たされるであろう。そうすることによって、直接手をくださなくとも、大河原に対する報復の目的は達せられると思った。

心の底に殺意の芽を育てながら、井上はいままでと変りなく、書斎では「静かなドン」の翻訳をつづけ、大学に通って講義をした。また、以前のように道代を映画にさそったり、革の手袋を買ってやったりもした。四十三という年齢に似ぬじじむさい容貌は、内部の感情をカバーするにはうってつけだといえた。

はじめ彼は、推理小説でしばしばみかけるように、アリバイ偽造ということを考えた。

道代を映画館かどこかで殺しておいて、自分は東京をとおく離れたよその都会にいたという偽の証拠をこしらえる。いかにもそれは、犯人の頭脳のするどさを誇示するような、すばらしい、魅力のある考えであった。

だが、彼には、どう知恵をしぼってみても、推理作家が案出するような旨い手を思いつくことができなかった。仮りに考えついたとしても、現実の世界では、それが果たして小説のなかの出来事のようには成功するかどうか、大きな疑問を感じた。

アリバイが駄目だとなると、妻を殺し、それを病死か事故死か自殺にみせかけるほかはない。

その方法を何日もかかって検討した。書斎にひきこもってはいるが、ショーロホフのほうはちっとも進展しなかった。一つの手段を思いつくと、作家が小説の筋を考えるときのように、それをノートの上に展開した。書きつけていくにしたがって、案はにわかに具体性をおび、立体的になっていった。

そのようなプランをノートに書きつけるとき、ロシヤ文字は非常に都合がよかった。少しくずして書けば、だれかがのぞいてみたとしても、まず判読することは出来ない。しかも、用心ぶかい彼は、書いたものは片端から破り、外出の途上で、駅の屑籠（くずかご）にすてることにしていた。

半月あまりかかって練り上げたのは、道代を自殺にみせかけて殺す、という計画である。この頃になって彼は、ありきたりの手段に依るほうが発覚しにくいということに、ようやく気づいていた。

道代も井上もそろってスキーが好きだった。それが昂じて、新潟県の石打に家をもっている。別荘とよぶには恥ずかしいようなスキー小屋にすぎないが、十坪ほどの建物の内部には、二つの寝台と、小さな炊事場と、ドラム罐を改造した風呂がある。厄介なスキー道具をかかえて乗物にのらなくてすむだけでも、大いに有難かった。そして、今度の殺人のためにも、その小屋があることは、非常に好都合であった。

井上自身は、胃弱なたちで、どうしても珈琲になじめなかったが、道代はその逆だった。中毒しているのではないかと思うほどによく飲んだ。しかも、カフェインにうかされることがない。デリケートな井上の神経とはちがって、寝る前に濃いやつを飲んでも平気なのだった。横になったかと思うと、小さないびきをかいてすぐに眠ってしまうのである。

スキーに行くときにも珈琲持参は当然であった。井戸のポンプが凍りついていて、雪をとかして珈琲を飲んでいたこともある。

井上の計画は、その石打で飲む珈琲自体に、あらかじめ毒をまぜておくというものだった。

3

自殺にみせかけるには、どうしても遺書が必要だった。遺書さえあれば、他に多少不自然なところがあったとしても、殺人であることは疑われずにすむ。それも、なんとかして道代に遺書を書かさなければならない。こっちの意図を毛の先ほども気づかれないようにして……。ロシヤ文学者は、そのことに思考を集中した。

十二月に入ると、テレビニュースや新聞でスキー列車の混雑ぶりが話題になりはじめた。ちょうどそのころ、上野の文化会館で、ロシヤ民謡の演奏会がひらかれることになった。井上は、計画の第一歩として、大河原と道代を揃(そろ)ってこの会にさそうことにした。

「おもしろそうですね。ぼくも、ゆくゆくは、課外講座といった意味で、ロシヤの民謡を紹介したいと思っているんですよ」

プログラムを見せられたプロデューサーは、身をのりだすようにしていった。しかし、それだけが本心ではあるまい。何も知らぬ亭主を交えて道代と同行するスリルを、この男は期待しているにちがいない……。そう思って井上は苦笑した。

大河原は、真新しい西陣(にしじん)のネクタイをしめていた。その渋い色の好みから、ひょっとすると、これも道代のプレゼントかもしれぬ、と井上はかんぐったが、もはや怒りの感情は湧いてこなかった。

「ステンカ・ラージングらいだな、ぼくの知っているのは。ステンカというのは形容詞ですか」

「いや、愛称だよ。ステパーンという男の名の。ほら、ヴァイオリニストに、ヤッシャ・ハイフェッツというのがいるだろう。あのヤッシャはヤコブの愛称だし、ミッシャ・エルマンのミッシャはミハイルの愛称なのだよ」

「大のおとなに愛称をつけるというのは妙なもんですね、われわれから見ると」

大河原が微笑すると、頰にえくぼができる。その、女を惑わすえくぼの頰がやがて蒼ざめる日のくることを思うと、井上はたのしかった。井上は、愛想のよい微笑を浮べて、別れぎわに、故意に一時間遅らした開演時間を大河原に告げたのだった。

当日の夕方になると、道代は早目に仕度をした。三十二歳、唇のやや厚めなのが欠点といえばいえるが、目の大きな瓜実(うりざね)顔は化粧ばえがした。あわいクリーム色の十日町(とおかまち)お召(めし)を着た姿は、美しさがあたりに匂った。にくい妻ではあるけれど、それは認めねばならない。

大河原は車で迎えに来ることになっていた。しかし、なかなか現われないものだから、時間がせまるにつれて、道代はいらいらしはじめた。たびたび袖をめくっては時計を見る。

その落ち着かない様子を、井上は奇妙な快感を持って眺めるのだった。道代は、夫が大河原に告げた時刻が一時間ずらせてあることを知るよしもないのだ。眉をよせ、また時計に目をやっている。

「おそいわねえ」

「あと三十分もないぜ。ひょっとすると先に行っているのじゃないかな」

「そんなことないわよ、約束ですもの」

つっかかるように道代はいった。近頃は、大河原について、ちょっとでも批判めいたことを口にすると、すぐむきになるのである。

「思いちがいということもあるさ。どうだ、開演におくれて聴きそこなってもつまらないから、お先に失礼とかなんとか一筆書いて貼りつけておこうじゃないか。後から来てそれをみれば、彼もあわてて劇場へかけつけるに違いないよ」

言葉たくみにそういうと、彼は居間のテーブルの上に、さりげなく便箋をのせた。その便箋は、先頃石打の売店で二冊もとめておいたスキー客相手の土産品である。

「大河原忠雄様。お先に参ります。井上道代……簡単にそう書きなさい。おまえの置手紙があれば、腹もたてまい……」

うっかりと皮肉な口調になったのにも道代は気がつかず、すなおにペンをとって、夫にいわれたとおりのことを書いた。楽しみにしていた音楽会の開演時間が気になって、他のことに気をまわす余裕がなかったのである。

道代が草履をはいているすきに、井上は便箋ごと書斎の机にしまい込むと、それを気づかせぬために、おなじ表紙のついたもう一冊の便箋を居間のテーブルにのせた。

大河原は、予測したように一時間以上おくれて劇場に到着した。道代は、その原因が夫のうかつさにあることを知ると、休憩時間になるのを待ちかねたように、言葉きびしく井上を責めたてた。隣席の大学生が、ちらりと盗み見をするなかで、ロシャ文学者はおとなしく詫（わ）びた。小さな目を面目なさそうにしばたたいている彼は、胸中ひそかに第一段階のなりゆきに満足していたのだ。

4

遺書が用意されると、もう計画の半分は成功したようなものだった。あとは仕上げをして機の熟するのを待てばいい。

使用する毒物は、たとえば青酸のような即効性のあるものが望ましかった。だが、文学者の彼に、そんな劇薬は縁がない。あらためて買いに行けば、後で怪しまれるもとになる。その危険はさけねばならない。

止むなく亜砒酸（あひさん）を用いることにした。この夏、鼠があばれて困ったことがある。そのときに、殺鼠剤（さっそざい）としてもとめたものの残りが、縁の下においてあることを思い出したのだ。死にいたるまで苦痛がつづき、時間のかかるのがこの毒薬の欠点ではあるけれど、味も臭いもないところは好都合だった。なにに混ぜても気づかれる心配がない。

冬休みに入ると、井上は待ちかねていたように声をはずませ、石打に行くことを道代に提案した。

「うれしい。今年は早いのね」

ダイニングキッチンで卵をゆでていた道代は、玉のれんから顔をのぞかせて、笑いかけてきた。

夫のさそいを受けて、子供のようにしんからよろこぶ様子を見せるのは、まずスキーのときぐらいのものだった。

大河原は、有給休暇もとれぬほど時間に追いかけられているし、どういうわけか雪の遊びに興味を持たない。だから、スキーに関するかぎり、道代はこの男を諦めていた。

「何日間？」

「クリスマスまでだ」

「あら三日間ね。あたし、オールヒッコリーは初めてなのよ。思いきりすべってやるわ」

道代は、台所仕事を投げだして、早速洋服ダンスからアノラックを引っぱりだしてみたりするのだった。

珈琲ずきの道代も、山小屋ではインスタントを用いなければならない。妻の愛用の粉末クリームの瓶詰と砂糖を、井上はひそかに買いそろえた。近所の店でもとめたのでは、顔をおぼえられるから、わざわざ二つのデパートの地階売り場に行ったのだった。

「どうも、仕事がはかどらなくていけない。今日も本屋から文句をいわれてしまったよ」

そんなことをいいながら書斎に入った。妻ははやばやとセーターやスラックスの用意に余念がない。

井上は机の上に紙をひろげると、そこに粉末クリームをあけ、別の容器からすくいとった亜砒酸を入れて、丹念にスプーンでかきまぜた。亜砒酸の結晶はあらかじめすりつぶしてあったから、二つの粉末はきれいに混り合い、少しも見わけがつかなくなる。

その仕事がすむと、出来上った毒クリームをもとの茶色の瓶にもどし、つぎにおなじようなことをくり返して砂糖と毒物を混合した。クリームにしろ砂糖にしろ、一杯のカップに入れる量はかぎられている。一度に多量の亜砒酸をのませるためには、双方に毒をまぜておくことが必要だった。

この仕事がすっかりおわったとき、井上のひたいには汗がにじみだしていた。

いよいよスキーバスで出発という日になって、井上は大学から戻ってくると申しわけなさそうに目をしょぼつかせ、小声で謝った。

「道代、すまない。翻訳の仕事がおくれたものだから、今日は往(い)けなくなったのだよ。出版社にきつく文句をいわれてね」

勿論、そうした事実はない。妻をひとりでゆかせるための口実であった。自殺をとげる道代からはなれた地点にいなくては、怪しまれてしまう。

「まあつまらない、お怠(なま)けになるからいけないのよ。せっかく楽しみにしていたのに」

道代は頬をふくらませ、すねたように声をとがらせた。すでに仕度をととのえて、夫が帰宅したらすぐに出られるようにして待っていたのである。

「だからさ、きみは先にひとりでいっててくれ。ぼくは今夜中に仕上げて、明朝の準急でいくよう努力する」

真赤なセーターを着た妻と地味な茶のオーバーにくるまった夫とは、たがいの心の底に欺瞞(ぎまん)をひめて、さり気なく、さも愛し合っているように手をふれた。

「ひとりじゃ淋しいのよ。ひと晩ぐらいは辛抱できるけど、明日はかならずいらしてね」

「約束するよ。今夜は徹夜だ」

「お家をでるときには電熱器に気をつけて」

「ああ解った、解ったよ」

手をふって地下鉄の駅のほうに歩いていく後ろ姿を見おくりながら、彼は計画がうまくはこぶことを信じて疑わなかった。いくら押えようとしても、唇のあたりに微笑がひろがってくるのだ。

道代が手にさげているボストンバッグのなかには、下着とセーターと手袋とアフターブーツ、それに少しの食糧とインスタント珈琲などがつめてある。だがクリームと砂糖の容器は、昨夜のうちに亜砒酸入りのものとすり替えておいたのだ。外観もおなじだ。たとい蓋をあけてみたとしても、気づくわけがない。

5

約束どおり、井上は翌朝の準急で石打へむかった。

新潟県ではあるものの、そこは群馬県からほんの少し入ったところにすぎない。上野をでて四時間の行程だった。

井上は真赤なスキー帽をかぶっている。黒のサングラスをかけると小さなしょぼついた目もかくされてしまい、派手な黄色のダッフルを着た姿は、だれが見てもみごとなスキーヤーだった。

一等車もかなり混み、高崎まで坐ることができなかった。しかし昨夜は仕事をしないで睡眠剤をのむと、早目にベッドに入っている。そのおかげで、立っていることは少しも苦痛でなかった。

終着の石打でおりた客はかなりの数だった。井上はわかい男女の後尾について階段をおり、改札口をぬけた。

駅前に臨時の出札口ができ、切符を買う若者たちが雪のなかにむらがっていた。それを横目にみて、鉄道ぞいの田舎道を歩きだした。

井上の前に、三、四十人のスキー客が一列縦隊になってながくつづいていた。道は間もなく線路を越える。そこの山腹のゲレンデに、会社や銀行のヒュッテが並んでいる。彼等はそこを目指していくのだった。

井上のスキー小屋はさらにその先の、いちばんはずれに一戸だけ建っている。降りしきる雪をとおして大きなヒュッテはよく見えていたが、井上の小屋はあまりに小さすぎるせいか、いくら眸(ひとみ)をこらしても存在がはっきりしなかった。

雪に足をとられて転びそうになりながら、視線をその方角にあずけたままで、歩きつづけた。

そこに道代が屍体となって横たわっていることを思うと、覚悟して来たとはいえ、冷静たり得ないのである。やはり、そら恐しかった。その恐怖は、一歩一歩と小屋がちかづくにつれ、幾何級数的にふえていくようだった。

だが、ここで弱気になってはいけない。怖さに圧倒されて失敗をすれば、万事がぶちこわしになってしまうのである。

気を落ち着けろ。しくじってはならぬ。井上は自分にそう言い聞かせ、敢然と顔をあげて進んだ。頬にあたる雪の冷たさも感じない。

ヒュッテにさしかかるたびに人影はへり、しまいには彼ひとりになってしまった。スキー小屋はさらに一キロは離れているのだ。

二十分ちかく歩きつづけてようやく小屋の前に立った。雪は窓の下までつもっている。昨日きたはずの道代の靴跡もすっかり消されてしまっていた。

扉の前までいって声をかけてみる。

「おい、道代。……ぼくだ。ぼくだよ」

予期したとおり返事はない。つづいて叩いてみたが、依然として応答がなかった。

ロシヤ文学者はサングラスの下で小さな目をきょときょとさせ、色のわるい唇をわななかせた。

「道代……」

声がふるえ、かすれている。

ポケットの鍵をとりだすとドアの鍵穴に入れ、ひとつ深呼吸をしておいてから、そっと廻した。扉は、音もなく内側にあいた。

入口に立ったままでおずおずと覗いてみた。せまい家だから、ひと目で見渡せるのである。

まず、窓際の床におかれたボストンバッグが目に入った。それから、机の横の火のきえた石油ストーブ。これは後になって、燃料がつきて消えたものと判った。つぎに、その上の薬罐。

井上の目は、ベッドとベッドの間に倒れている赤いセーターの上にとまった。入口からはよく見えない。彼は靴をはいたままなかに入った。

道代は苦痛に身をよじって死んでいた。表情はそれほどでもなかったけれど、胸をかきむしるように折り曲げた右手の指や、腹のあたりを押えつけた左手や、跳ねとばされて壁ぎわに転がっている片方のスリッパーなどから、いかに苦しんで死んでいったかがよく判るのだった。

6

いざ現場に立ってみると、恐怖感はあともなく失せていた。それにかわって彼の胸のなかは、自分を裏切り熱湯をのませたこの女に復讐することができたという歓びでいっぱいになっていた。妻の死をいたむ気持などさらさらない。

五分間ちかく立っていただろうか。忍びよる寒気に身をふるわせた瞬間、われに還った。ぐずぐずしている暇はない。異変を発見したお人好しの夫は、すぐさま息せき切って交番へ駆けつけなくてはならないのである。

井上はサングラスをポケットにしまい込んですばやく室内を見廻した。そして求めるものが台所の調理台にのせてあることに気づくと、砂糖の入ったプラスチック容器と粉末クリームの瓶をとり上げて、自分のリュックに隠しておき、かわりに、自宅で道代のボストンバッグから抜きとっておいた無毒の砂糖とクリームを調理台にもどした。

つぎにとりだしたのは例の便箋であった。表紙をひらいたままにして机にのせ、その横に、あの文句をしたためたときの万年筆をそっと転がした。用紙の文字とペンとが違っていたら、いっぺんで怪しまれてしまう。だからこの万年筆も慎重に保管しておいたのだ。

それにつづいて、前もって用意をしてあった大河原の額入り写真を、机の中央に飾った。鼻の線を強調した、なかなかいいプロフィルである。おろかな人妻が、三角関係を清算して死に赴(おもむ)こうとする前に、涙をうかべてとっぷりと眺めるにふさわしい写真だった。

そうした工作をすませた後、リュックから茶色の小瓶をつまみだした。以前に睡眠剤が入っていたガラスの空瓶で、底のほうにほんの二、三グラムの白い粉がみえている。鑑識がくらべれば、その粉末が亜砒酸であることは容易にわかるのだ。

小瓶に道代の指紋をべた一面につけておいてから、調理台のインスタント珈琲のわきにならべ、栓(せん)をぬいておいた。道代はこの瓶のなかの毒薬を珈琲にまぜ、それを飲んで自殺をとげたように思わせるのが狙いなのだ。

井上はながしの上をみた。汚れた食器をすぐに片づけるのは、几帳面(きちようめん)な道代のくせであった。昨夜も苦しみだす前に洗ってしまったものとみえ、カップ類は戸棚に伏せてある。

しかしこれでは困るのだ。茶腕が床にころがり、その底に毒物が付着していないと、演出の効果があがらない。

彼はそう考え、カップをとりだすと屍体のそばに持っていって、唇に押しつけてルージュの痕を転写したり、指紋をつけたりした。

ついで少量の珈琲とクリーム、それに亜砒酸をカップに入れ、薬罐の水をそそいでかきまぜてから、机の端にちかいところにそっとのせた。これで効果は満点になる。

彼が考案した殺人計画はここに一切が終了した。夫と恋人の間にはさまって悩みぬいた道代は、ひとりこの山荘にやってきて、愛するプロデューサーに遺書をしためたのち、毒をあおいで死んだのである。指紋にも細心の注意をはらった。これが自殺をよそおった殺人であることを示すようなミスは、どこを叩いてみてもない。

井上は完全犯罪であることを確信して、交番の巡査に変事を知らせるために小屋をでた。

「気をおとしてはいけないな。そうだ、わたしの家にもどって、コタツに入っていなさい。用があれば呼びにいくから」

ひとわたり現場をみたあとで、初老の巡査はなぐさめ顔にそういうと、石打町の駐在所までわかい警官に送らせてくれた。駐在所は、駅のむこうの町なかにある。

駐在の奥さんにひきわたされ、うす暗い六畳のコタツに遠慮なく膝(ひざ)を入れたとき、井上は忘れていた寒さをにわかに思いだして、歯の根をがたがたとふるわせた。

ふるまわれた甘酒をふくんでいると、いまの警官が湯沢町(ゆざわまち)の本署に電話している声がきこえた。

ふだんは事件ひとつ起らない平和な町である。冬の事故といえばスキーの負傷者ぐらいのものだった。この警官が、道代の自殺によってショックをうけていることは、通話する声の調子でよく判るのだった。

越後(えちご)湯沢から係官が出張することになったようだ。連絡をすませた警官はふたたびでていった。

7

「ご迷惑をおかけします。どうかお構いなく」

巡査の夫人が二杯目の甘酒をすすめてくれると、井上は神妙に目をふせ、恐縮してみせた。だれがみても、妻を失った傷心の文学者のポーズである。

だが彼は、ともすれば頰がゆるみそうになるのを、必死でこらえているのだった。この完璧な犯罪を見やぶるものはいない。そして事件が報道されれば、大河原忠雄は社会の制裁をうけ、いたたまれなくなって身をひくより他はなくなるであろう。

一方この自分は、妻をうばわれた哀れな夫として、世間から同情のまなこで眺められるのだ。大河原が退職するなり左遷されるなりした後も、このおれは依然としてロシヤ文学の講座をつづけていけばいい。テレビから受ける報酬により、彼の収入は大いにうるおっているのである。

一時間ほどすると、急に表のほうが騒しくなった。湯沢の本署から係官たちが到着したらしかった。それにまじって、明らかに新聞記者だとわかる傍若無人な話し声がしていた。

自殺した女の亭主に会わせろ、会わせぬの押し問答がかわされている様子だったが、それも間もなくおさまって、しずかになった。そろって現場へいったものとみえる。つくねんとコタツに入ったきりで井上は時間をもてあましていた。

刑事がやって来たのは暗くなってからのことだった。坐る前に手をのばして、天井のスイッチをひねった。

黄色いあかりに照しだされた刑事は四十年輩で、猫背みたいに背がまるく、鼻のひくい貧弱な顔をしていた。ただ、間隔のせまい二つの目はいかにも刑事らしく、油断ない動きをみせていた。

悔みをのべたあと、彼は貧乏ゆすりをしながら、あの小屋の鍵をもっていたのはだれとだれなのかと訊ねた。気のなさそうな調子だった。

べつに隠す必要はない。

「死んだ家内と、それにわたしです」

「なぜ死んだのだと思いますか」

「遺書にあるとおりです。大河原君との仲がどうも訝しいと勘づいたものですから、私立探偵にしらべてもらったのです。その証拠をつきつけて叱ったのがこたえたのでしょう。わたしもいまでは後悔しております」

声をふるわせ、せいいっぱいの演技をした。

感心したのかしないのか、刑事は無表情で体をゆすぶっていた。

「奥さんが家をでられたのは？」

「昨日です。大学から帰ってくるといないのですよ。てっきり大河原君と映画でもみているのだろうと思った。腹がたちました。ところが夜中になっても戻って来ない。今朝起きて調べると、スキー靴やアノラックがなくなっていることに気がついたのです。それで、石打だろうと見当をつけてやって来ました。虫が知らせるというますか、急に心配になったのです」

「ふむ。すると奥さんは自殺するついでにスキーを楽しもうと考えたわけですかね」

相変らず無表情のまま刑事は、井上をどきりとさせるようなことをいった。そしてにわかに貧乏ゆすりをやめると、コタツから出て畳にすわった。

「ご存知かどうか知らんですが、奥さんは妊娠しておられたのですな」

「初耳です。亭主のわたしに黙っていたとすると、大河原君の子でしょう」

「いや、それはどうでもいい。問題は、奥さんは自殺したのではないということですよ」

意外なことを刑事はいった。自信にみちた、断定的な口調である。自殺でないというのは、どんな意味なのか。

「様子がおかしいというので解剖したところ、子宮外妊娠で急死されたことが判りました。かなりの出血があったのに、スラックスをはいていたから、あなたにはわからなかったんでしょう。あれは苦しいそうですな。人里はなれた場所だからどうしようもなかったでしょう」

いたむようなやさしい口調だった。

井上は色を失っていた。口をあけたきり、返事をしない。

「ところで奥さんの胃のなかには、毒なんてひとかけらもなかったのですよ。にもかかわらず、亜砒酸入りの珈琲茶碗がおいてあったり、遺書がおいてあったりする」

「………」

「ほかのだれかが侵入してやったんだという逃げ口上は通用しませんよ。鍵をもっているのはあなたと奥さんだけなのだから」

「………」

「さあ井上さん、事情を説明して頂きましょう」

刑事は、無表情な仮面をかなぐりすてるとせきたてるように迫ってきた。井上は小さな目をしばたたかせ、ほとんど泣きだしそうな顔になって、破れた襖（ふすま）をみつめていた。

偽りの過去

1

電話はテレビ局の文芸部員からだった。

「わたくしどもの局では『あなたはだれ？』というクイズ番組をやっております。お蔭さまで視聴率はいい線をいっていますが……」

「一、二度見たことがあります」

忙しいからいつも見ているわけではない。外丸二郎（そとまるじろう）は言外にそういう意味をこめて答えた。だが本当のことをいえば、この番組がちょうど食休みのときに当っているものだから、ほとんど欠かさず見ていたのである。番組の内容は各界の人気者と、その人物と過去においてなにがしかの関係のあったものとが登場し、いつ何処で接触したかを思いだしてもらおうという趣向であった。

テレビ局員は、外丸が先刻承知している番組の内容を要領よく説明したあとで、こうつけ加えた。

「なにぶん有名人のかたがたにご出場をねがう番組でございますから、なかにはティーンエイジャーの女優さんと高校時代の先生が対面するというケースもありました。しかし、こんな組み合わせでは思い出せぬほうがどうかしています。面白味がございません」

「なるほどね。しかし、ぼくはまだ有名人とはいえないですよ」

彼は事実をいった。だが、やがてはジャーナリズムに絶えず話題を提供するような売れる作家となる野心をもっていた。自信があった。

「ご謙遜（けんそん）ばかり……。ところでいまの話ですが、先生の場合はぐんと面白くなりますよ」

相手の言葉がいちだんと熱っぽくなった。

外丸には、テレビ局員がなにをいおうとするかよく解っていた。作家のなかには、彗星のように出現して、またたく間に地位を確立してしまうものがある。だが、外丸の登場の仕方は地味だった。五年ほど前にある賞に作品を投じたのが佳作に入った。それをきっかけに二、三の雑誌が短篇をのせてくれるようになり、以来地道に作品を発表して今日に至ったのであった。

一部のひとの間では外丸二郎は不器用な作家だという陰口をきかれている。けれども、器用な作家が才能にまかせて書きとばした作品に比較したとき、読者は外丸の創作にはいぶしたような渋い光沢のあることに気づくのである。きわめて緩慢ではあったが、外丸はしだいに読者を獲得してきた。いまでは、売りだし中の中堅作家に成長していた。テレビ局員が有名人といったのは、必ずしもお世辞ではないのである。

この外丸二郎は身辺に妙な翳（かげ）があった。かたくなに口をとざして自己の過去を語ろうとしないのがそれである。だれかがさぐりを入れようとすると、女性が痴漢の手をはらいのけるみたいに、きびしく相手を拒否した。だから、外丸の生まれた土地や生年月日は勿論のこと、どこでどんな教育をうけたかということも知られていなかった。文壇に登場したのは三十の後半だったから、それまでなにかの職についていたことは充分に想像されるのだが、どのような職場で働いたかということになると、なに一つ判っていなかった。

外丸は面長な顔で目が大きく、鼻筋がとおっている。当世風ではないにせよ美男であることは間違いなかった。ジャーナリズムの間では、ドサ廻りの役者ではないかという噂も囁かれていた。

外国の推理作家のなかにもそんな変った連中がおるですな。どこかの編集者がうっかりそうしたことをいったとき、外丸はふっと不快気な表情をみせた。外国作家の模倣とみられたことがいかにも心外な様子だった。

テレビ局員の声が受話器から伝わってきた。

「じつはですね、先生をご存知だという手頃な方が発見されたんです。そこで、是非とも先生にご出場いただけたらと思っているのですが……」

「女ですか、男ですか」

「それはお会い頂くまでのお楽しみということにして……」

含み笑いをしている。

「ぼくは生憎と多忙でね、いま暇がないのです」

みじかく答えて通話を切った。眉にたてじわをよせ、ついぞ他人にはみせたことのない難しい顔つきになっている。

2

三十の半ばになるまで、外丸は、作家になるつもりはなかった。文学は決して嫌いではなく、仕切り場で安くわけてもらった同人誌の束をもって帰ると、焼酎をのみながら何時間でも読みふけったものだった。そして大して上手でもない作品にぶつかるたびに、ふンと鼻を鳴らして、おれならばもっとましなものが書けるぞとひとりで力んでみたりした。彼がある懸賞に投稿したのは酔った拍子の気まぐれにすぎなかった。まさか、作家として喰っていける才能があるとは予想もしないことであった。一生を、黒沢伊之助といううだつの上らぬ潜在的失業者として送らねばならぬものと考えていたのである。

黒沢伊之助時代の外丸はある業界紙のルポライターをしていた。その身分も正式の社員ではなく、編集長の同情と好意で仕事をもらっていたに過ぎない。各地の工場や製作所をたずね廻ってルポ原稿を送る。ときに応じて、というのはインタビューをした相手が気に喰わなかった場合だが、相手が迷惑をするように、舞文曲筆を敢えてすることもあった。沖縄をのぞけば、まずほとんどの都市を歩いたことになる。

希望のない人生であった。だから、焼酎を買っては安宿で酔い痴れていた。貯蓄というものはまるきりない。彼がいまもって独身なのは、経済的なことで妻帯できなかったその頃の生活の惰性が、今日までひきつづいているからである。

ルポライター当時は心も生活もすさみきっていた。業界紙の台所も楽ではなかったから無理はないのだが、あてにしていた稿料が入らなかったときは、水だけ飲んで暮したことがある。そうした頃に、背に腹はかえられずある破廉恥な行為へ走ったのだ。結婚詐欺であった。

外丸ののっぺりした面長の顔とあまい口説に、たちまちひとりのわかい未亡人がひっかかった。はじめは一度だけで止めるつもりでいた。急場さえしのげば二度とこうしたことはしないつもりだった。が、呆気なく成功したことで味をしめた。つかの間であるにせよ、女にたのしい夢をみせてやったのだ、そう考えると良心の痛みは少しも感じなかった。

騙された女は十五人に上るだろうか。ときたま眠れぬ夜などに布団のなかで指をおってみるのだが、この頃はもう記憶もあやふやになってしまい、正確な数は彼自身でもはっきりしないのである。

いまもって反省はしていない。けれども後悔はしていた。当時、今日のような有望な作家になれることが判っていたなら、たといもの乞いをしてでも、恥知らずな行為をするのではなかった。作品が本となり、その裏表紙や新聞の広告に自分の顔写真がでるたびに、つくづくそう悔むのである。つまり旧悪のあばかれるのを恐れているのだ。

あの頃のしおたれた男と、この人気上昇中の作家とでは落差が大きすぎた。だから騙された女が外丸の写真をみたところで、これが往年の黒沢伊之助であるとはまず気づかないだろう。が、それはあくまで彼の希望的観測にしかすぎないのだ。当時の偽名といまの筆名との間に相似の点はないけれども、顔にのこっている面影から、もしやあのときの男では……という疑惑をいだかれないとは言い切れぬのである。騙した女の数が多すぎたと思う。

そこに、今度のテレビ出演の交渉だった。対面する相手が男であるならばさして気にかけることもない。だがいまの電話の口吻からおしはかると、どうやら女性らしく思えるのだ。そして、外丸をよく知っている女ということになれば、それは、結婚を餌にたぶらかした被害者のうちのだれかに違いなかった。

机に肘をついたままの恰好で、外丸はテレビに出演したときの有様を空想してみる。積年の恨みをはらそうとした女が、外丸に指をつきつけて、結婚詐欺の罪状を告発する場面だ。客席は騒然となりプロデューサーは色を失う。ただ女だけが勝ち誇ったように、ひきつった笑みをうかべて立ちはだかっている。五年かかってきずき上げた外丸の一切のものが、その瞬間に瓦解するのだ。

だれにも経歴をあかさなかったのは、必要に迫られてとった韜晦戦術であった。それが、外丸が予想もしなかったことだけれども、彼の人気をささえる一つの要素となっていた。出版社が宣伝の材料にしたことも事実だが、外丸の読者もまた、程度の差こそあれこの作家のかくされた過去に興味と関心をいだいている。そこに彼の前身を知っていると称する人物が登場したとなると、テレビ局がこのまま引きさがっているとは考えられなかった。いずれ再び機をみて申し入れてくることは明白である。いやこのテレビ局だけではない。人気が昇るにつれ、暗い過去があばかれる機会はますますふえてくる筈であった。

どうすればいいのか。両肘を机につくと頭をかかえ込んだ。今夜中に脱稿しなくてはならぬ仕事があるのに、頭脳は混濁していた。一字も書けない。書こうとする意欲がおこらない。

外丸は一時間ちかく坐りつづけていた。そうした揚句にふと胸にうかんだのが、自分と容貌のよく似た岩村仙吉のことであった。以前、愛知県下を取材してまわっていた頃、豊橋や浜松の競艇場や競輪場で、彼の仲間から何度となく人違いをされたことがある。それが岩村仙吉だったのだ。

当然のことだが外丸（当時は黒沢伊之助だったわけだが）は興味を持った。相手が岩村仙吉といって製粉会社の事務員であることも、ギャンブル狂であることも知った。そして遂に競艇場の払い戻しの窓口にならんでいるその男を見掛けたのである。似ているようでもあった。しかし第三者がとり違えるほど似ているとも思えなかった。会うまでは、会ったら話しかけてみるつもりでいたのだが、自分よりもいい服装をしているのを見たとたんにふっと気後れがして、それっきりとなった。

その岩村仙吉が賭け事に身をもちくずして東京に来ているという噂を聞いたことがある。そうだ、あいつを利用すればいい。結婚詐欺をしたのは黒沢伊之助ではなく、じつはこの岩村仙吉であるということにすれば、万事はうまく納まるではないか。

蒼白かった外丸の頬にようやく生色（せいしょく）がよみがえってきた。座布団を折って枕にすると、ごろりと横になった。岩村を犯人にでっち上げるためには、カビの生えた昔話だけでは効果がうすい。あらためてもう一度不正行為をはたらいてもらう必要があるのではないか。それにしても四十にさしかかったいま、またまた結婚詐欺でもあるまい。

では何をやらかしたらいいのだろう。外丸は目をとじ、ふたたび思考に没入していった。

3

外丸が思いついた計画は、岩村仙吉を彼の偽者に仕立てて、東北地方のどこか、例えば作並あたりの山の宿に泊らせ、宿泊料を踏み倒して逃げたようにみせかけることだった。勿論、本人がその役割をつとめてくれるわけがないのだから、宿賃を払わずに逃げてくる役は、外丸自身がつとめるほかはない。

だがそのためには、岩村のアリバイを潰しておく必要があった。岩村とみられる男が人気作家の外丸に化け、呑んだり喰ったりした揚句に逃げだした……ということになっているとき、当人が東京にいたのでは話にならない。外丸が岩村をよそって旅にでる一方では、当の岩村もまた口実をもうけて東京から追い払っておかなくてはならないのである。できれば、岩村も外丸とおなじように、東北方面へ旅行させることが上策であった。仙吉が東北へでかける、それと符節を合わせて宿屋の一件が発生すれば、だれもが仙吉の仕業だと思うに違いないのだ。

計画が出来るとただちに岩村探しにとりかかり、八日目にようやく所在をつきとめた。彼は神奈川県の新子安にひとりで暮していた。製粉会社時代には妻がいたが、ギャンブル好きに愛想をつかして出ていってしまったからである。いまはミシンのセールスをしてどうやら生活をたてているものの、元来が酒がなくてはいられない男だから、収入の大半は酒と競輪につぎ込んでいるという。

それだけの予備知識を仕入れておいてから、仙吉のゆきつけの大衆酒場にいった。国鉄の駅にちかい大きな店だった。焼鳥がうまいのと酒が安いのと、三百名の客が坐れるということで知られている。労務者や下積みのサラリーマンに人気があり、夕方の五時から七時にかけてほとんどの腰掛けがふさがってしまう。が、外丸は迷わず相手のところに近づいていった。店に入る前から、正確にいうと仙吉がミシン会社の支店を出たときからずっとつけて来たのである。

「あんた、岩村さんじゃないか」

「え?」

小女を呼ぼうとした手を宙にとめ、仙吉は不審そうに黒眼鏡の外丸をみた。

「中村ですよ。ホラ、むかし豊橋や浜松の競輪場でよく顔を合わせたじゃないか」

岩村は呆気にとられた様子だった。十年ちかい歳月が仙吉の容貌をすっかりうらぶれたものにしていた。頬がこけ肩の肉がおち、なんとも貧相である。しかし目が慣れてくると、やはり似ていた。瓜二つとはいえないにしても、兄弟だといえば人は本気にするに違いない。

「いまは小さな家を建ててね、この町に住んでいる。ここに入ったのは今日がはじめてだが奇遇だなあ」

狎れなれしい口調に仙吉は押され気味だった。

「そういえばそんなことがあったかな。まあ坐れよ」

仙吉は調子を合わせて黄色い歯をみせた。だが曖昧なうす笑いをうかべているところをみると、外丸のことを思い出せずにいることは明らかだった。いや、いくら考えたところで外丸と直接に顔を合わせたことはないのだから、思い出せるわけがないのである。

酒と焼鳥は外丸がおごった。肩を叩いては懐しいなあを連発した。仙吉は依然としてとまどっているようだったが、そのうちに酔いがまわるにつれ、そうした詮索をすることが面倒になってきたらしく、しまいにはいまの仕事の愚痴までこぼすほどになった。

「ミシンに限らないが、セールスマンという商売は女にゃ敵わないよ。やつらはいざとなると財布をにぎっている宿六どもに体を張りやがるんだから」

外丸はあたらしい銚子をとりよせて仙吉にすすめ、同情したり励ましたりした。

急に前方のテーブルで軍歌をうたいはじめた男がいた。

「止せ止せ、戦争の思い出はもうたくさんだ」

「酒がまずくなるぞ」

あちらこちらから反対の声が上ると、はじめの男はすなおに軍歌を止めて流行歌を歌いだした。仙吉も小声でそれに和していた。外丸は酔った「旧友」をのこして店をでた。

せっかくの計画が、岩村に怪しまれたため挫折するような羽目になってはつまらない。外丸はことを急ぐような愚挙は避けた。その後もちょくちょく酒場に顔をみせ、焼鳥を喰いながら豊橋時代の話をした。わけもないのに奢(おご)ってばかりいると、酔っているうちはいいが、シラフになったときに不審の念をいだかれることにもなりかねない。三度に一度は仙吉に払わせるように仕向けた。

いよいよ仙吉が気をゆるすようになったのは一か月ほどたった頃であった。かねての計画どおりに、鞄のなかから東北旅行の周遊券をとりだすと、皿と小鉢の間においた。

「ところできみ、秋田、山形方面へ三泊の旅にでてみないか。家内が夏物一掃のバーゲンセールで籤(くじ)に当せんしたのだ。おれが行くつもりでいたところ急に忙しくなっちまってね。このとおり乗車料金から宿屋の泊り賃まで一切が払い込んであるんだ。どうだ、きみ行かないか」

「なぜキャンセルをしないんだ？」

「そう旨くはいかないのさ。福引に当ったんだから、おれが行かなければ商店連合会のものになるのだよ。つまり、行かなきゃ損というわけだ。そのかわり、旅行してきたしるしに、後で周遊券の表紙をみせなくちゃならんのだ。忘れずに持って帰らなくてはいけない」

　周遊券は乗車券と宿泊クーポン券が綴じ込んであり、予定のコースを巡ってもどってくると、最後に表紙だけが残るという仕組になっている。万一の場合の物的証拠ともなるようなものは回収しておくに限るのだ。

　少々理屈に合わない話であったが、ただで三泊旅行を楽しめるということを聞いたとたんに、仙吉は目の色をかえていた。

「一つことわっておかなくてはならないのは、万事がおれの名で申し込んであることだ。宿の部屋もすべて中村昭雄の名でとってある。だから、おれの名で泊ってくるんだな」

　さり気なく架空の名を告げた。岩村仙吉が作並にあらわれたことにするためには、おなじ頃この地方を旅していた男は仙吉であってはならないのだ。

「それから会社のほうは大丈夫かね？」

「年に一週間の休暇がとれるんだ、心配はいらないさ」

岩村の旅行といえば一泊の社内旅行にかぎられている。行先も伊豆か鬼怒川(きぬがわ)に決っているという話をききだしていた。そうした仙吉にとって三泊の東北旅行が大きな魅力であることは計算ずみであった。

「ま、せいぜい楽しんできて欲しいな。おれの分までね」

外丸はいくぶん残念そうにいい、肩をぽんと叩いた。

4

岩村仙吉が上野駅から東北本線の急行にのるのを確かめておいて、外丸は常磐(じょうばん)線(せん)経由で仙台へむかった。

仙台で仙山線(せんざんせん)にのりかえて作並についたのは夕方であった。山あいの温泉町はさむざむとかげり、白くたなびいた宿の湯けむりが旅行者を誘惑していた。予約はしていなかったが、シーズンオフなので部屋はあいているはずだ。外丸はいちばん古い建物の前で足を止めた。

　ボストンバッグと写生道具を片づけているところに、女中が入ってきた。まだ若く、白い顔にみどり色のお仕着せがよく似合う。宿帳をだされた外丸はふり返りもせずに、きみ書いておいてくれよといい、住んでいる町名とマンションの名を事実のとおりにのべた。チップをもらった手前、女中は客にいわれるままに先のまるくなった鉛筆で記入した。

「お名前は？」

「黒沢伊之助」

　これはペンネームではなく本名を名乗った。筆名を書いた場合、それが洩れて地元の新聞記者にでもたずねて来られたら、なにかと工合がわるくなる。それをおもんぱかってのことなのであった。

　丹前に着かえるといくつも折れ曲った木の階段をおり、川辺にたまっている湯のなかに身をしずめた。予期したとおり紅葉の季節はとうにすぎている。熊やヤマネ、コウモリは冬眠に入る仕度をしている時分であった。四十あまりある部屋はあらかた空いているらしく、浴槽にも階段にも人の姿はなかった。彼はのんびりした気持で湯にひたった。

「お客さんは絵かきさんですか」

最初の夕食のとき、給仕の女中が訊いた。日曜画家である外丸は、有名人で組織されている『白の会』のメンバーだった。旅にでる際に絵具箱をさげてゆき、気に入った場所をみつけるとスケッチを始めることは、ジャーナリストの間でも知られていた。その絵は雑誌や週刊誌のグラビアに二度ばかり紹介されたことがある。したがって、もしだれかが外丸に化けようとするならば、ベレーをかぶって写生道具をかかえるのが最も効果的な方法であった。それが彼のトレードマークだからだ。

「画家じゃない。しかしスケッチするのは好きですね。泊る予定は一週間だが、滞在中に八号を二枚ばかり描き上げたいと思っているんです」

「どこかでお目にかかったような気がするんですけど、この宿はお初めてですか」

雑誌かなにかで写真をみたに違いない。記憶がうすれているところをみれば、それもずっと以前のことなのだ。外丸は面長の顔に、ゆったりとした微笑をうかべてみせた。

「初めてですよ。しかし一度来てみたいと思っていた。作並は鮎が旨いというので楽しみにしていたんだけど」

「あれは十月までですわ。そのかわり秋は茸（きのこ）が採れます。これが舞い茸で、こちらが松露。お椀に入っているのがシメジです。でも、スケッチをなさるなら紅葉の頃がよろしかったのに……」

「それが締切に追われどおしでね。やっとのことで暇をこしらえたのです」

「すると作家ですか」

「ああ、運動不足になりがちな不健康な職業ですよ。しかし、旅に出てまで仕事の話をするのは嫌だな。この茸は旨いね」

と、彼は不器用に話題をかえた。

作並そのものは退屈な小さな温泉にすぎなかった。十分も歩くと、もう見るものはない。そこで翌日の午後は列車にのって三つ先の山寺までゆき、立石寺をおとずれた。枯れ葉の散り敷いた石段をのぼり、途中の陽の当った岩に腰をおろして、間もなく週刊誌に連載をはじめることになっている長篇のプロットを考えた。喧噪な東京を離れてしずかな境地に身をおくと、構想は面白いようにふくらみ、発展した。外丸は日暮れになるまでそこを動かなかった。

二日目はバスで仙台にでて市内見物をした。ここまでは平穏無事だったのだが、夕方宿にもどってみると、ちょっとした異変が起っていた。玄関の板の間に目つきのよくない中年男が腰をおろして茶を飲んでいる。その前に禿げた番頭が坐ってしきりに小声で語っている有様が、なにか曰くありげに見えた。

「なにかあったのかね？」

部屋で服をぬいでいると女中が入ってきたので、早速そう訊いた。

「それがお客さま、泥棒なんですよ」

ジャーの湯を急須にそそぎながら、彼女は声をひそめた。

「一昨日から泊っている男の人なのですが、これが泥棒だったんですよ。別棟に大阪からみえた宝石屋さんがいらっしゃるんですけど、そこに忍び込んで宝石を盗んでいるところを発見されると、あわてて逃げ出したんです」

「捕まったのかい？」

「はい、自分の部屋で……。刑事さんが盗んだ宝石を調べたいというと、おれは温泉に入ってるから気のすむまで調べるがいいって答えたそうです。そこで丹前から鞄のなかまでとっくり調べたんですが、なにも出てきませんでした。でも、他人のお部屋に侵入したわけですから、刑事さんが連れていきましたわ」

「ふむ。どこに隠したんだろうな」

「ひと粒が百万円もする上等のダイアだそうですから、間もなくお巡りさんがたくさん来て、その辺をしらみ潰しに探すそうです」

「百万円か、いい値だな。盗まれた人はしょげてるだろうね」

「大阪の人はがめついですから、そりゃ大変ですわよ。どうぞ、お茶が入りました」

そこでふと思いついた顔になった。

「それから、これは主人が申したのですが、お荷物をおしらべ頂きたいとのことです。あの男のことですから、忍び込んだお部屋はほかにもあるかもしれません。なにか盗られていたらばすぐ刑事さんに――」

「ふむ」

弱ったことになったと思った。もしなにか盗まれていたならば盗難届をださなくてはならず、そうなると自分の正体をかくしておくわけにもいかない。この場は、たとい被害にかかったとしても黙っていることにしよう。

外丸はそう考えて荷物を点検した。ボストンバッグに異常はない。ただ絵具箱がずりおちているのが気になった。開けてみるとペインティングナイフとパレットナイフが片方に寄り、油壺がひっくり返りそうになっているのだ。妙に思って絵筆の数から絵具の数までしらべてみたけれど、べつに盗まれた品はなかった。考えてみれば、掃除のときに女中がとり落としたのかもしれないのである。

「なにかございましたか」

「いや」

と外丸は首をふった。

「湯からでたらすぐ食事にしてくれないですか。地酒を呑みたいんだが」

そういうとタオルをつかんで立ち上った。

三日目の朝食をすませた彼は、絵具箱を肩にかけてキャンバスを持つと、じっくり描いてくるつもりだといって宿をでた。その足で駅に向い、準急に乗ると作並をあとにした。

かねての計画どおり、宿泊料を踏み倒す役を演じるのだ。ボストンバッグを宿に残しておくことは最初から予定していたことであった。ネームは入っていないし、開けてみたところでガラクタばかりだから、何の役にもたたない。つまり、三泊の宿泊料金を踏みたおした怪しからぬ男を追跡するには、宿帳にしるされた文字以外にはないということになる。だがその筆跡は女中のものなのだ。

果たして、一日おいて翌日のこと、外丸のマンションに作並から電話が入った。男の声だから、たぶん番頭か主人なのだろう。

「外丸二郎です」

と、彼はことさらに落着いた口調だった。

「黒沢伊之助さんがご本名ですね？」

「そう、本名が黒沢です」

「あの、つかぬことを伺いますが、先生は最近作並へおでかけにならなかったでしょうか」

「いや、何処へもゆきませんな」

無愛想に答えた。

「手前の旅館に先生のご本名で泊ったものがおりまして、じつは宿泊料を払わずに逃げていってしまったのです」

「なるほど。すると、わたしがその当人ではあるまいかと――」

意地悪く問い返すと、先方はあわてて否定した。

「いえいえ、とんでもない。ただ、先生にお心当りがあるようでしたらと、そう思いまして」

「作家の偽者があらわれるという話はよくききますがね、どんな男でした？」

「ベレーをかぶりまして、写生道具を持っておりました」

大雑把（おおざっぱ）な人相風体が語られた。

「女中の話によると、ポケットブックの裏表紙にでていた外丸二郎氏にとてもよく似た男だったということで……。先生の特徴などをかなりよく研究していたらしいのですが」

「わたしにそっくりだ？　ふむ、そうなると思い当る男がいます。前にもやられたことがあるのです。しばらく鳴りをひそめていたと思ったら、また現われやがったな？」

途中から独語してみせる。

「なんという男でしょうか」

「いや、わたしの古い知り合いでね、ちょっとたちの良くないやつなのです。顔が似ているのをいいことにして偽者になりすますのですよ。しかし憎めない面もある。事情があって警察沙汰にはしたくないんだが、どうですか、ここは一つわたしに委せてくれないですか」

「は？」

「踏みたおした料金はいくらになります？」

「一万ちょっとですが……」

不審そうな口調が伝わってきた。

「よろしい、わたしが払います。請求書をまわして下さい」

「しかし、そんな——」

「なに、構いません。大した金額でもないし、いいですよ」

押しつけるようにいった。料金さえもらえば文句のあるわけはないのである。相手は一も二もなく同意した。

5

周遊券で東北旅行をすませた岩村仙吉とは、その後一週間ほどしてから、例の大衆酒場で会った。

「いや、お蔭で愉快な旅行をしましたよ。お礼をいわなくちゃ」

にこにこしながら改まった口調になった。よほど楽しかったらしいのである。

「そんなことはいいですよ。ところで周遊券を返してもらおうか」

表紙だけのこされた券をポケットにしまい込むと、喧噪な空気のなかで小一時間つき合ってから、ふと気づいたように腕時計をみた。

「どうも近頃は女房がうるさくなってね、これからはそうたびたび来るわけにもいかなくなったんだが、あんたは独身で羨ましいよ」

「いいことばかりはないけどね、文句をいうものがいないから気楽だよ」

「まったくだ。ともかく、旅行が楽しかったという話をきいておれもうれしいよ」

背中を一つ叩いてから立ち上った。ほとんど読書をしないという仙吉は、目の前の男が作家の外丸二郎であることに気づいた様子がなかった。万事は計画どおり順調にはこんでいるのである。外丸はそう考え、みちたりた気持で外にでた。

三日おいて、脱稿した短篇をとりに月刊誌の記者が来た。いつもは入口のところで帰ってもらうことにしていたが、この日は書斎にとおしてオールドパーを馳走した。

「最近のことだけどね、偽者があらわれてえらい迷惑をこうむったよ」

作並の一件に多少の脚色を加えながら、面白く語ってきかせた。記者は強度の近眼だった。ぶあついレンズを指で押し上げておいて、膝をのりだした。

「しかし先生、それは有名税ですよ。作家たるもの、偽者があらわれるくらいでないと」

「いや、ぼくの場合はそんなもんじゃないんだ。ぼくがまだ同人誌で修業していた時分のことなんだよ、文字どおり赤貧洗うが如しといった有様だったんだが、この男との腐れ縁はその頃からつづいているんだ」

舌にしめしをくれて先をつづけた。

「当時はまだ無名作家だからな、ぼくに化けて宿賃をごまかすなんてことはしなかった。だが、もっとあくどい真似をしたんだよ」

「はあ」

「なんだと思う？」

「さあ……」

「結婚詐欺だ。そいつとぼくとは幸か不幸か顔も体つきも似ている。その男はそれを利用したんだな。つまり、女を騙すときはもっぱらぼくになりすましているんだ」

「ずるいやつですね」

「その頃のぼくは男盛りだった。銭のほうはとぼしかったが、それでも呑み屋の女にもててね。ところが、それと同じことがこの男にもあてはまるんだな。ぼくが商売女に血道をあげていい気になっていた頃に、やつもまた婚期を逸した娘や、わかい後家さんにちやほやされていたというわけだ。つまりその……」

「先生は美男子であった。先生に似ているその男も、やはり美男子であったと。ですから双方ともに女性にもてた……。そうおっしゃりたいんでしょう」

と、その記者はにやにやした。

「はっきりいえばそうさ。ぼくが聞いて知っている結婚詐欺のケースはほんの三つか四つだが、実際にはどれだけの女を騙したか判りゃしないよ」

「でしょうな」

「いまいったようなわけで、騙された女はぼくが犯人だと信じ込んでいる。ぼくの名を詐欺したのだから無理もない話だがね。つい二年ほど前にも半田(はんだ)から女が上京して来てね、応対にでたぼくの胸ぐらをつかまんばかりだった。これには閉口したよ」

仕方噺(しかたばなし)になると、記者は声をたてて笑った。

「だれですか、その偽者は」

「名前はいえない。というのは一度この男に助けられたことがあるからだ。ぼくが酔っ払って凍死寸前のところを、通りかかったこの男がつまずいてね、近所のおでん屋にかつぎ込んでくれた。そんなわけで、命の恩人といってはオーバーになるけれども、こうして小説を書いていられるのは彼のお蔭だということにもなる」

「なるほど」

「この数年間は噂一つ聞いたこともなくて、何処でどうしているんだろうかと思っていたら、驚くじゃないか、作並でぼくに化けたというんだ。だけどね、いまいった事情があるものだから、大抵のことは大目にみようと思っているのさ」

「先生、この話をうちの週刊誌に頂戴できませんか」

と、記者はレンズの奥の目をかがやかせた。彼がその気になったのは外丸の話術が巧みだったからに決っている。だが外丸のほうにしてみると、こうも早く手応えがあるとは予期していなかった。もし反応がなければべつの社に持ち込むつもりでいたのである。

「せっかくだけど気がすすまないな」

わざと気むずかしい顔をつくると、グラスのオールドパーをまずそうに呑みほした。

「そんなことをおっしゃらずに」

「ことわっておくが、男の名は絶対に明かすことはできないよ」

「いいですとも。とにかく、この話はじつに面白いですよ。社に帰ったらすぐに週刊の近藤(こんどう)君をさしむけますから、よろしく」

「ふむ、仕様がないな」

あくまでも気がすすまぬふうをよそおい、憮然（ぶぜん）とした面持ちで腕を組んだ。

その週刊誌は発行部数が九十万以上だといわれていた。問題の記事が岩村の目にふれる確率は、かなり高いものとみなくてはならない。だが、仮りに彼がそれを読んだとしても、結婚詐欺にはまるきり関係がないのだから、そこにしるされた卑劣な人物が自分を指向していることには気づくわけもないのである。

6

予想されたことではあったけれど、外丸の語った内容を疑惑の目でみるものがいた。彼が相手の名を公（おおや）けにせずにXという符号で呼んでいるのは、とりもなおさずそれが架空の人物であるからであり、結婚詐欺をしたのは外丸自身にほかならないというのだった。

腹立たしかったのは、顔見知りの作家のなかにも、おおっぴらにそうした説を唱えるものがいたことだった。かねてから、めきめき売り出してきた彼を白い目でみていた連中であった。こいつらを沈黙させるためにも、Xの正体をはっきりと打ち出さなくてはならなかった。

岩村仙吉に死んでもらうことは初めから予定されたものだったが、いざとなるとやはり躊躇を感じて一日延ばしになるのである。そうした外丸のスプリングボードとなったのが、これらの作家の発言であり、それに対する怒りであった。彼の胸のなかでは空想と現実とがないまぜとなり、自分が組み立てた虚構を、いつの間にか真実のことと考えるようになっていた。

ウイスキーのポケット瓶に毒物をまぜ、それを呑ませて殺す予定でいる。根が酒好きの男だから、さり気なく上手にすすめれば喜んでラッパ呑みすることは判っていた。その他に、小田原競輪場で拾ったはずれ券を屍体のポケットに入れておくことも考えた。当局は、賭けごとにこった揚句人生に失望し、自殺したものと思うに違いない。場所は小田原に近いところがよく、二宮の町はずれに決めた。すでに下見もしてある。

ことは慎重を要した。いままでのように酒を呑むだけならば、たといその場をだれかにみられたとしても、それがただちに外丸の死命を制するということにはならない。だが今度はちがう。万一にも岩村を誘いだすところを目撃されたならば、それだけで凡てはおしまいになる。

小田原競輪がはじまって三日目に、外丸は小田原駅前で仙吉とおち合った。前の日に誘いをかけておいたのである。そして仙吉は一万円余りを儲けて上機嫌になった一方、外丸は財布をすっかりはたいてしまった。

「今夜はおれがご馳走するぜ」

帰りの群衆にもまれながら仙吉がいった。

「悪いな」

「なあに」

「待てよ」

急に足をとめた拍子に後ろを歩いていた老人にぶつかり、舌打ちされた。

「何だい」

「忘れていた。家内の親戚が二宮にいるんだが、その娘が嫁にいくことになってね、ミシンを買いたいといっている」

「ほう」

「きみの会社の製品は刺繍ができるかね？　じつはきみに紹介したいと思ったもんだから、アメリカ製を買いたいというのを思いとどまらせたんだ。ただし、六か月の月賦だぜ」

「いいとも。で、二宮のどの辺だい？」

岩村は鼻の孔(あな)をひくひくさせている。外丸は片手をポケットのなかに入れ、拾っておいたはずれの券の感触をたのしんでいた。

7

翌朝はやく、畑にでようとした農婦によって仙吉の服毒屍体が発見された。そこは二宮の農村地帯に多い疎林の、笹藪(ささやぶ)のなかであった。

その知らせが外丸のもとにもたらされたのは午前中のことだった。さんざんベルを鳴らさせておいてから、さもいま目覚めたというふうに受話器をとり、不機嫌な声で応答した。事実は一睡もしていない。人を殺したあとの神経のたかぶりから眠ることができず、睡眠剤をのもうとして薬函(くすりばこ)をあけてみると、瓶のなかには一錠しか入っていないのである。綿密に計画を練ったつもりだったけれど、そこまでは用意していなかった。

しかし手ぬかりはしていない。死んだのを確かめておいてから、財布の中身をぬいてかわりに例の週刊誌の切り抜きを入れ、さらに、ポケットにははずれた車券をつっ込んでおいた。そのあとで定期券をとり上げて、ついで服のネームを破りとった。こうすれば屍体の身許（みもと）が判らなくなるし、財布のなかの記事の切り抜きをみた刑事は、何はともあれ外丸に電話をかけてくるに違いないのだ。当局の動きを読みとっていたのではなく、そうなるように布石（ふせき）しておいたのである。

「……自殺した男の身許について調査しておるのです。自殺者によくみられることですが、服のネームも破りとってあれば定期券も持っていないのですよ。ところが所持品をしらべてみると、財布のなかに折りたたんだ週刊誌の切り抜きを持っているのです。それが先生に関係のある記事でしてね」

「といわれますと？」

「ほら、Xという男のためにえらい迷惑をこうむった話ですよ」

「ああ、あの話ですか。しかし奇妙ですな、なぜそんなものを持っていたのでしょうか」

ごく自然な調子で問い返した。われながら演技がうまいと思う。

「そこですよ。死んだのは瘠（や）せぎすの中年男でしてね、面長で鼻がたかくて、こういっては失礼ですが先生の写真とよく似ている。あの話を気にして切り抜きを所持していたところから判断するとですね、この男がXその人ではないかということになるのですが、ここら辺でどうでしょう、参考までにXの名を明かして頂けませんか」

こうくるのを待っていたのである。外丸はかるく咳ばらいをした。

「……已(や)むを得ませんな。その自殺した人がXか否かは知りませんが、Xの本名は岩村仙吉というのです」

「職業と住所をご存知ですか」

「そこまではどうも。先方はわたしが作家になったことを知っていたわけですが、わたしのほうは何年も消息をきいたことがないのですから……」

「なるほど。いや、おやすみのところを起してしまって恐縮です」

その刑事は、作家がおそくまで眠っていることをよく知っているようであった。

8

外丸が良心の呵責(かしゃく)を少しも感じなかったといっては嘘になる。見かけよりはふてぶてしい神経の持主であったけれど、最初の十日間は毎晩のようにひどい寝汗をかいた。魘(うな)されて目覚めるたびに、枕元のウイスキーをストレートで呑んで、アルコールの力を借りて眠ることにしていた。それでも眠れぬときは、明け方まで漫画の本をよんだ。

二週間ほどした頃に、どうやら元気をとりもどすことができた。訪ねてきた編集者の前で、べつに努力をしなくとも、ごく自然に笑えるようになった。

「ばかばかしい話だったと思うな。正直のところ、被害者の女性たちから袋叩きにされるのがこわかった。なんといっても顔が似すぎているからね。詐欺事件のなかにはアリバイが立つものもあるだろうが、そうでないケースもあるだろう。そうした場合に、ぼくは自分の結婚詐欺の嫌疑を否定することができない。その結果、文壇から葬られるようになったら、泣いても泣ききれないからねえ」

会う人毎にそんな説明をした。疑ぐるものはひとりもいない。先に陰口をきいた連中は完全に沈黙してしまい、なにかの会合で一緒になると、こそこそと隠れたりする有様だった。外丸の表情はいままでになかったほど明かるくなり、同時に陽気にもなった。批評家のなかには、外丸の筆がのびのびしてきたことを指摘する声もきかれた。

テレビ局から二度目の申し入れをうけた。彼は二つ返事で『あなたはだれ？』に出場して、プロデューサーを喜ばした。出てみればなんということもない、相手の女性はいつか東京駅で電話料をたて替えてやったどこかの主婦であった。そう説明されてようやく思い出したほどの些事だったが、相手が有名人ともなると、当人の感激ぶりはまたべつのものであるらしかった。外丸は満足そうに大きく口をあけて笑った。赤いランプのともったカメラが狙っているのを承知の上での、はればれとした笑顔だった。その頃になると、世間には自殺した仙吉のことなど話題にするものはいなかった。

二月の末のことである。数か月ぶりで『白の会』の幹事からスケッチ旅行の案内がとどいた。あたたかい外房に二泊して絵をかき、伊勢エビをたっぷり喰べましょうという謳い文句がしるされていた。外丸は伊勢エビが嫌いだった。肉にしても人がほめるほど旨いとは思わないし、だいいちあのグロテスクな姿をみただけで食欲がひっ込んでしまう。だが、久々で仲間の顔をみるのは楽しみであった。

メンバーには女優がおり歌手がおり、スポーツマン、実業家、将棋指し、それに漫画家という珍しい人もいた。その多士済々の顔ぶれと談笑しながら、外丸の知らない世界の話をきくのはじつに面白いのだ。そして、それが創作の上で役立つこともしばしばあった。会員になって以来、ほとんど欠席をしたことはない。

その日、フェリーボートで千葉にわたると、準急にのり替えて目的地へ向った。千倉を過ぎた頃から、一等車に坐っているのは『白の会』の会員ばかりになった。ただ、外丸の隣の席で絵画雑誌をひろげている男だけが知らない顔だった。横目でみると表紙に『ルソー特集』としてある。ルソーはともかく、スケッチ旅行に絵画雑誌を持ってくるというそのことが変っていた。そのうちに幹事役の外科医が館山（たてやま）駅で買った弁当をくばりに来た。その男にも渡したのをみた外丸は、彼があたらしく加入した会員であることを悟（さと）った。

ときどき男は話しかけたそうな素振りをみせた。が、外丸はかたくなに目をそらした。正式に紹介されたわけでもなく、得体の知れぬ人物と話をかわすことは気がすすまないのだ。そのくせ、相手の存在が気になって仕方がない。

外丸は顔を正面にむけたままで相手を盗み見したり、風景を眺めるふりをして窓ガラスに映る顔を観察したりした。男はかなりいい服を着ているが、それでもグループ会員の服装に比べると、どことなく見劣りがする。先程から自分をなやましている原因がその違和感にあることを、ようやく外丸は知った。一体この男は何者なのだろうか。

江見（えみ）にさしかかった。弁当を喰べおわって顔を上げると、あたり一面が花畑だった。褐色の大輪は金盞花（きんせんか）だが、白やピンクの花の名について意見がわかれた。黄色い声があれはストックだわ、金魚草よといい争っていた。女医と女流詩人だった。外丸は花畑に気をうばわれたように見せかけて、なおも男の横顔を凝視していた。

元来、植物には関心のないたちでもあった。

太海を通過しているとき、男は唐突に顔を上げ、ガラスのなかから笑いかけてきた。仕方なく外丸も笑顔で目礼すると、首を反転させた。外丸よりも二つ三つ若いようだ。赤い派手なネクタイ。清潔なカラー。ひげを綺麗に剃り、ほそい目には愛嬌があった。

「あれはたしか金盞花でしたね？」

と、他意のなさそうな笑顔をみせた。

「ええ」

「いい花ですね。ただ、葉が菜っぱみたいなのがいけませんな。気品がない」

「なるほどね」

いわれてみればそんなふうにも思えた。

「ところでね、あの花みたいな色をマルスオレンジというのではありませんか」

この質問で、男が絵には素人であることが判った。

「少し違うが……」

「マルスオレンジと普通のオレンジとはどう違うのでしょうか」

と、相手はいやにマルスオレンジにこだわった。外丸はいい加減にうるさくなってきた。

　言葉で説明することは困難だ。納得させるにはみせたほうが手っ取り早い。立ち上って網棚の絵具箱をとると、なかからマルスオレンジのチューブを出して渡した。男は手にとってつくづく眺めていたが、それでも足りないとみえ、チューブの上をなでたり押えたりした。

「ときに、この絵具は外丸さんのものですか」

「妙なお訊ねだがわたしのものです」

　外丸はむっとした。相手が名を呼んだことには気づかなかった。

「いえ、わたしが知りたかったのは人から譲られたり、他人に貸したりしたことはありませんかということですよ」

「ないですね」

　なおもぶっきらぼうに答えた。質問の真意が理解できない。それが彼をいらいらさせた。念を押すようなもののいい方も不愉快だった。

「じつはわたしは刑事なのです。先頃、各地のホテルや旅館を荒し廻っていた常習犯が捕まりました。そいつが、作並の温泉旅館で泊り客からダイアを盗んでいるのです。ほんの手洗いに立った隙に盗んだわけですが、賊は身辺に追手が迫ったことを知ってダイアをかくしてしまった。取り調べに対して、隣室に泊っていた画家の持ち物のなかに隠した、それがマルスオレンジという絵具のチューブのなかだと答えているのです」

かるい眩（めま）いを感じた。外丸は返事をすることも忘れ、目をみはって刑事を見つめていた。

「旅館中を探されたとしても、そこなら安全です。釈放されたあと、ふたたび忍び込んでダイアをとり出すつもりだったそうですが、その客が宿泊料を踏みたおして逃げてしまったものだから、とうとう目的を果たせなかったとぼやいています」

「…………」

「世間ではその男が岩村仙吉だと信じていますが、わたしは疑ぐりぶかい性質のせいか、あれは外丸さん自身ではないかと考えてみました。あなたは過去を語りたがらないかただそうですな。世間のそういう評判を聞いたとき、わたしは刑事という職業柄、あなたが以前なにかよくないことをしているのではないかと勘ぐったのです。今回の事件は、その自分の芳（かんば）しくない過去を岩村仙吉に肩がわりさせる目的で打った芝居ではないか。そうした推理も成立し得ると考えたわけです。で、宝石泥棒がそのダイアをマルスオレンジのチューブに隠したという言葉をたよりにして、ご覧のようにスケッチ旅行に便乗させてもらったのです。あなたの疑惑を確かめるために、ね」

「…………」

「このとおり絵具のなかに小さな豆粒みたいなものが入ってます。いまあなたはこのチューブを手放したことがないといわれたが、そうなると作並に現われた人物はあなただったということになるわけです。ではここでチューブのなかを調べますが、異存はないでしょうな」

「…………」

外丸は喉（のど）をごくりと鳴らしたきりだった。刑事の指が赤くそまり、その赤い指先で器用にチューブを裂いていくのを他人事のような無関心さでみつめていた。

蟻

1

「機械化部隊のことをロシヤ語でなんていうんだい？」

長いそばを苦労してつゆに浸しながら、思いだしたように土井が訊いた。

「待ってくれよ。だしぬけに質問されても簡単にゃでてこない。ええと、なんといったっけな……」

箸をおいてから目をつぶった。篠が喰べているのは鰻重であった。昼めしに、収入の差が端的にあらわれていた。

「……機械化部隊は、そうそう、マタメハニジーロヴァンナヤ・チャースチだ」

「へえ、いつきいてもロシヤ語の発音ての は難しいんだな。フランス語じゃトゥループ・モトリゼだがね、やさしいだろう」

「もっとやさしいのが英語だね、アーマーだもの。英語が世界語にのし上れたわけも解るね」

英語を担当している男が顔をあげて口をはさんだ。彼は目下締切の迫った仕事をかかえている。正午を三十分ちかくすぎているのに、文字どおり食事をする暇もないのだ。

「なに、ロシヤ人だって閉口するさ。だから省略してマタメチャースチと呼んでいる」

「ロシヤじゃ口腔外科が殷賑をきわめてるんじゃないかな。舌を嚙むのが多いだろうからね」

「まさか」

と篠は笑った。だが笑ったのは口だけで、切れ長の目はじっと土井をみつめていた。

「ロシヤ人は生まれついたときから喋りなれているんだから何のことはないさ。むしろ英語なんかをみると、間伸びのしたバカみたいな言葉に聞えるんじゃないかな」

挑むようにいった。篠は負けずぎらいなたちだった。なにごとであれ、叩かれると叩き返さなくては気がすまない。

それに対して英語の男がなにか答えようとしたときに、給仕が新着のロシヤ語の刊行物をとどけに来た。篠は机に向いペーパーナイフを器用にあやつって包装を切った。無駄話をしているときとは別人のような、きりっとひき締った表情だった。

麴町三番町にあるこの『ロゴス翻訳工房』は、数年前に、おなじ大学でそれぞれ英独仏語を専攻した三人の男によって創められた。彼らは宮仕えに飽きていたといって独立して事業をやるには資金がない。已むなく翻訳で急場をしのごうということになり、裏通りのしもた家の二階を借りて発足したのである。玄関の横に白木の札をぶらさげただけの、みるからに手内職めいた貧弱なしろものだったが、それが当った。誤訳皆無を謳い文句にしたのがよかったのだという。半年もすると、三人ではやりくりがつかなくなった。工房を会社組織にあらためて表通りに進出したのが二年目。それを機に、スペイン語、中国語、イタリア語といった各国語のベテランを入社させて内部の充実をはかった。

篠はソ連留学中に契約ができていて、帰国と同時に正式な社員となった。英独仏の各語は、三人乃至五人の担当者を擁している。それに対してロシヤ語は彼だけだった。多忙ではあったがやり甲斐もあった。英文タイピストは掃いて捨てるほどいるのに、露文タイピストとなると滅多にいない。だからソ連あての手紙は篠みずからが一階の事務所におりて打たなくてはならなかった。もっとも不平はいえない。そのお蔭ですべてのタイピストと仲よしになれたからだ。篠は口が大きく目が吊っていて決して美男ではなかったが、眉と頬の剃りあとが濃く、態度にも話しぶりにも自信があふれていた。同僚の間では反撥（はんぱつ）をまねいたそのことが、女達の目には魅力として映るらしかった。

篠の仕事はソ連で発行されている新旧の雑誌や出版物を読むことだ。が、なにしろ量が多いので彼ひとりではこなせない。半分は大学時代のクラスメートにアルバイトとして押しつけ、彼らの読後感を参考に、これはと思うものだけに目をとおすことにしている。しかし『リテラトゥールナヤ・ガゼータ』『アガニョーク』『クラカディール』などの雑誌はかならず自分で読んだ。日本語になおせば『文芸新聞』『小さな灯』『鰐（わに）』という意味になる。鰐といってもこれはクロコダイル種のことだ。

仕事は翻訳ばかりでなく、出版の交渉から支払いまで広範囲にわたっていた。ソ連の場合は日ソ翻訳出版懇話会を相手にすればよく、いったん軌道にのせてしまえば後は楽であった。厄介なのは各国に散らばっている亡命作家との折衝（せっしょう）なのだ。

なかにはうるさいのがおり、問題がこじれて泣かされたことも一度や二度ではない。その頃、ホテルに連れ込んだ女が翌朝になるとつくづくと彼の顔をみて、しきりにスープの寝言をいっていたがどうしたわけかと訊いたことがあった。篠は、それが版権を意味するリテラトゥールナヤ・ソーブストヴェンノスチであることに気づき、あらためて仕事のしんどさに吐息したのだった。

一月の末のことになる。退社時刻はとうにすぎ、三階のストーブは篠ひとりのために燃えていた。じつは去年の暮れにある週刊誌からソ連の最近の評判小説のダイジェストを頼まれたのだが、スキーに出掛けたことが祟って仕事が遅れていた。週刊誌であるだけに明日に迫った締切を延ばすことは絶対にできない。しかも原書はまだ百ページちかい読み残しがあるのだ、これを読了しなくてはダイジェスト原稿は書けないのである。

篠は焦っていた。疲れた目に、頻繁に目薬をさした。

九時になった頃に、廊下の扉があいて男が入って来た。湯沢賛平、三十二歳。篠とは反対に小肥りで髪がうすくなり、酒も呑まないのに赤い顔をしている。目が細くその目尻がさがっているため、いつも笑っているように見えた。

「ご精がでるね」

「泊りかい?」

「二週間毎だ。事務屋はつまらんよ」

机の向い側に坐るとタバコをとりだした。ゆっくりするつもりらしいのだ。篠がかすかに眉をよせてみたが、そうしたことが通用する相手ではなかった。

「東京は暖かくていいな。あっちの冬は閉口だぜ」

あっちというのは妻子をおいてある軽井沢のことである。果樹園を経営する両親にあずけ、自分は東京の安アパートで外食している。彼は土曜日が近づいてくると落着きをなくしてそわそわとした。そして退社時刻になると会社をとびだして上野駅へ直行する。五時半発の各駅停車をキャッチするためであった。そうした不便な生活に終止符を打とうとして都営住宅の募集があるたびに申し込むのだが、クジ運が悪いのか当ったためしがない。軽井沢に帰っても、東京にでたがる細君をなだめるのがひと苦労だという話を聞いたことがある。

「忙しいんだがな」

「たまには休憩しろよ。換気してやろうか、頭がすっきりするぜ」

「結構だ。頭は年中すっきりしている」

にべもなくいわれてまた腰をおろした。

「ところで話があるんだが。来年の冬は家内と子供を東京に呼びたいと思うんだよ」

「結構じゃないか。なにか当てがあるのか」

「都営住宅はあきらめたよ、むかしからクジには弱いんだ。で、家を買うことにした」

「ほう、大したもんだな」

湯沢は首をふるといっそう目を細くした。

「問題はここなんだよ。家を買う金をきみに都合してもらいたいんだ」

2

日本橋の新興出版社が動物小説選集を企画したことがある。そのなかに亡命ロシヤ人Б(べ)の代表作『偉大なる王(ヴェリーキィ・ワン)』を加えようということになり、折衝と翻訳が篠にゆだねられた。この、王(ワン)という名で恐れられたシベリア虎の物語は、篠のよくこなれた訳文と相俟(あいま)って好評をはくした。しかし彼の懐(ふところ)がうるおったのは印税のせいばかりではない。Бにわたすべき印税の頭をはねていたのである。全集物は後になるほど売行きがおちるといわれているが、『偉大なる王』は第二回発売だったためか予想した以上に読まれて四版におよんだ。したがって篠のポケットに転がり込んだ金もちょっとした額に上ったことになる。

　原作者との交渉は勿論ロシヤ語でやった。だが『ロゴス翻訳工房』のなかに露語を読めるものはいなかったから、大胆にも書類をファイルにはさんだまま、べつに隠すこともしていなかった。加うるにБはオーストラリアに移住している。たとい印税の額が少なかったとしても、わざわざ文句をいいに来ることもあるまい。篠はたかをくくっていたのだ。

　湯沢が文学部をでていることは篠も知っていたけれど、漠然と、英文か仏文ぐらいに考えていた。大学をでたというのも名目だけで、在学中は出席をサボり、辛うじてお情けで卒業できたのだろうと多少軽蔑の目でながめていたのである。その湯沢の専攻したのがロシヤ文学であり、辞書と首っ引きであるのにせよ、Бとの間に交わされた一切の文書を読んでいたとは想像もしないことだった。

　すべてを暴露するからと脅されてみれば、篠としても承伏するほかはない。月々十万ずつ支払い、その額が七百万に達したときに打ち切りとする約束をさせられた。

「だが、約束どおり打ち切ってくれるかな？　欲がでて、あと一年延長しようなんて言い出すのじゃないかね？　そういっちゃ悪いけど、きみみたいな男の言葉を信用しろといわれても、素直に信用できるわけがないだろう」

「それはそうだ」

　湯沢はあっさりと認めた。

「だから契約書をとりかわすし、その度毎に受領証をわたす。いってみればきみを強請(ゆす)っていた証拠になるわけだ。つまり互いに弱点を握られたわけだから、滅多な真似はできないという寸法だよ」

　篠の反問を予期していたように、すかさず答えた。そしてその月の最後の日に第一回目の支払いがなされたのである。そのとき湯沢は領収証を書きながら「悪いなあ」といった。だが二度目のときから何もいわず、もらうのが当然であるような顔をして署名をするようになった。そして指をなめて紙幣の枚数をかぞえおわると、無造作にポケットへねじ込んだ。

　月によって仕事の量がちがうけれど、平均して篠の月収は十八万を越していた。それにかなりの額の預金もあるので、湯沢にむしり取られたところで絶体絶命の立場に追い込まれるわけではない。篠にはゆとりがあった。以前と同じようにレストランで食事をしたり車で遠出をしたりしていた。金ばなれがいいので、ある種の女性にはよくもてた。いってみれば不自由を感じることは何もなかったのである。篠の目には依然として人生がかがやいて見えた。

　四月なかばのことであった。出版社の招待で二軒のキャバレーを廻った。元来がそうした雰囲気の好きな男だから、呑むほどに愉快になった。モスクワにいた時分は目刺しを肴にしてちびちびやるのが最高の贅沢だと考えていたが、いまこうして女を膝にのせ、やわらかい肌をさすっていると、酒は、女と呑むにかぎるという気がしてくるのだった。

　彼は、そのホステスの野性的で、同時に淫蕩的な目が気に入っていた。招待者が先に帰ってしまうと篠の態度はいちだんと露骨になり、女を抱いたきり離そうとはしなかった。

「どうだい、車で送ってやろうか」

　最後の客がでてしまうと彼はいった。

「あらま、珍しい車ね」

　車の前に立ったとき、ホステスは正直な感想をのべた。

「マスクヴィチというソ連の車さ。まだ日本にはほとんど入っていない」

そう説明されると女はにわかに興味を持ったらしかった。横浜あたりならドライブしてもよい、前から港の夜景をみたかったのだといいだした。篠は、女が手にしていた豹の模様のハーフコートを肩にかけてやった。

「少し冷えるかもしれないぜ。寒かったらぼくが暖めてやるさ」

車は第三京浜国道に入った。自分ではそれほど酔っていると思っていない。だからそのジャガーを追い越そうとしたときも片手でハンドルを廻していた。もう一方の腕を女の腰に巻いて愛撫をつづけていたのである。

センターラインを越え、前方に軽乗用車をみとめた彼は、急いで左にハンドルを切ってジャガーに接触しそうになった。あわてて右に出た瞬間に視界が炸裂した。したたか胸を打った篠はそのまま失神してしまった。

救急士の腕のなかで目をあけた。軽乗用車のふたりは即死をとげている。助手席のホステスは重傷をおって呻いていた。しかし篠はまだ事故の重大さには気がついていなかった。自分の鼻が無事かどうかをしきりに気にしていたのである。

レントゲン写真をとられて異常ないことが判明した。が、キャバレーの女は一度も意識を恢復することなしに二日後に死んだ。こうして篠は自分の幸運を祝福する前に、三人の遺族から補償金を請求されて頭をかかえることとなった。

合わせて三千万円にちかい金額である。マスクヴィチを売り払い銀行預金を全額はたいても、なお二百万円の金が不足していた。当然のことだけれど、彼は湯沢を重荷に感じるようになってきた。金を、当り前だというような顔をして受け取る男が憎らしく思えてきた。そして支払いがわずか二日おくれただけなのに皮肉たっぷりな嫌味をいわれたとき、忽然(こつぜん)として心のなかに殺意が生まれた。

すでに篠は財政的にかなり逼迫(ひっぱく)している。だが、いまさら昼食にそばを喰うことは見栄(みえ)が許さないのだ。朝と晩は粗食ですませておいて、職場では涙をのんで鰻を喰った。同僚の多くは「大変だな、頬がこけたよ」などと同情してくれる。それは彼らが思っているような心労のせいであるよりも、栄養不足のためであった。それなのに湯沢だけは遂に一度もそうした言葉を吐いたことはない。湯沢のまるまると肥(こ)えた顔をみるたびに、小さな殺意の芽は次第に成長してゆき、やがて亭々(ていてい)たる大木となって、篠の胸中に大きな影をおとすようになった。

生まれつき篠は自己中心的な性格の男だった。女を口説いてはものにし、飽きてくると、中身を喰ってしまった鮭罐(さけかん)みたいにぽいと放り出す。そのために女の心がどれだけ疵(きず)つけられたか、については考えたことがない。京浜国道の事故にしてもそうだ。死なせた三人の男女に良心の痛みを感じたことはただの一度もないのである。むしろ、補償金を払わされるたびにいまいましくなるのだった。そうした男であったから、湯沢殺しを逡巡するはずがなかった。実行しなかったのは、これと思うような名案を思いつけなかったからに過ぎない。そうした頃に、篠の手元にあの雑誌が届いたのだった。

『スターラヤ・コーシカ』という誌名は『老いた牝猫』のほかに、『意地わる婆さん』の意味を持っている。発行所はパリにあり、国内に在住する亡命ロシヤ人を相手に編集しているとみられるふしがあった。部数は判らぬながら恐らくは寥々たるものなのだろう。篠は、巻末に掲載されている『マロージェノエ』と題した推理小説に気をひかれた。ひとりの女性が完全犯罪を企て実行にふみきるが、予期しないミスから失敗してしまうという筋である。その犯罪計画のポイントとなるものがアイスクリームもしくはアイスキャンディを意味する氷菓子であり、彼女の工作が崩壊するきっかけとなった原因が、またマロージェノエにあったのだ。

初め、これをどこかに持ち込んで小遣いかせぎをしようという気持だった。微々たる雑誌にのった短篇だから版権の問題も起るまいと思った。ところが改めて読み返してみるとそれほど秀れてもいないし、面白くもない。せっかく訳しても突き返されるようでは馬鹿をみる。

篠はうかぬ表情で雑誌をなげだそうとして、はっと思い止まった。胸のなかを一筋の閃光(せんこう)が走ったような気がした。この小説に書かれてあるアイディアをそのまま用いれば、労せずして完全犯罪となるではないか。作中の女主人公がしくじったのはたまたま氷菓子に腸チフス(プリユシノイ・チーフ)の菌がついていたからなのだ。その点に注意をしていたならば、犯人には完璧なアリバイが成立して、当局は一指をふれることすらできなくなるところであった。

この考えに篠は熱中した。隣席の土井が声をかけてきたがそれすら耳に入らない。仮りに刑事が、あの男にしてはできすぎたアリバイ工作だと疑ったとしても、その出典が『スターラヤ・コーシカ』にあることは気がつくわけがないのである。露文雑誌を読むことが仕事である自分にしてからが、全くの偶然な機会からその雑誌の存在を知ったくらいなのだ。

それにしても、そっくりそのまま引き写すことは気がひけた。日本の風習にあわない点も幾つかある。そこで三日がかりで知恵をしぼった揚句に、ようやく満足のいくようアレンジすることができた。さらにもう一日を投入して入念に検討したのち、充分の自信をもって犯罪計画を実行することになった。篠はその第一歩として、江戸川区のはずれの駄菓子屋で三本のラムネを求めた。マロージェノエに対してこちらはラムネでいこうという作戦であった。

三本のラムネは外側をきれいに洗滌されてから、冷蔵庫の奥ふかくそっとしまい込まれた。犯行の三週間前のことだった。

3

休暇をとり、タイピストの桐野しず江と城山アキを誘って、知人名義で借りたレンタカーで軽井沢へ向ったのは六月の一日であった。土曜と日曜のまる二日間をたっぷり遊んで来ようという計画である。気分がくさくさしてかなわない。久し振りで息ぬきがしたいという彼の口実を怪しむものはいなかった。

ひとりだけ誘ったのでは警戒されてしまう。しかし同行者があるということになると女達はすっかり気をゆるして、率先して果物や菓子を買い集めた。しず江もアキも美人というほうではない。が、タイピスト仲間では比較的素直で扱いやすかった。篠の計画を成功させるためには、理屈をこねたり疑りぶかかったりする女では困るのだった。

梅雨の入りにはまだ間があった。気象庁はここしばらくは好天気がつづくことを予報していた。どちらかといえば気の滅入る仕事をやるのだから、せめて空だけでもからりと晴れていて欲しかった。

　軽井沢は何度も遊びにいったところだから土地勘がある。加えて事前に二度も下見をしておいた。犯行の場所も選定してあれば、そこまで行くに要する時間も、実際に車を走らせて測定してある。自信家の篠は、この計画にも百パーセントの自信を抱いていた。

　まず高崎では観音山にのぼり、さらに軽井沢を通過して国道十八号線を北上すると、小諸の懐古園や上田城を案内してやった。それは推理小説やテレビの時代物でしたしんだところであった。しず江もアキも歓声をあげて喜びはしゃいだ。今夜やるべきことを考えると、篠にしても気が重くなってくるのは事実である。彼は終始傍観者のポーズをとり、黙ってタバコをふかしていた。

「篠さん元気をだしてよ。すんだことは忘れるの」

　しず江はまるい顔を篠の耳によせて見当違いのことをそう囁くのだった。アキは髪のリボンを気にしていた。上田城趾には少し風があった。

　軽井沢駅から奥に入った旧軽井沢にSホテルは建っていた。そこに近づく頃になると勃然として篠は元気をとりもどした。車は、駐車場をさけて落葉松林のなかに停めた。後でこっそり外出する際に人目にふれてはならぬからだ。

Sホテルは和洋折衷の三階の小さな建物だった。その前に立ったしず江達は、一瞬だまされたような顔をした。

「ぼくが補償金に追われていることは知ってるだろう？　ここで我慢してくれよ」

「いいのよ、雨露さえしのげれば」

と、アキがうなずいた。

客室の窓はほとんどが暗い。まだシーズンではないから、客の数は少なそうであった。客が少なければそれだけ目撃される危険性も少ないことになるのだ。篠は満足した気持で先に立ってフロントへ入っていった。隣の娯楽室からふいに客の弾くピアノの音が聞えてきた。リストのハンガリア狂詩曲の冒頭の部分であった。

部屋は二つ予約してある。いずれも三階で隣り合っていた。顔を洗った篠はすぐに女たちの部屋の扉を叩いた。

「これからお風呂に入るのよ。あっちへ行ってて」

「目をつぶっているからさ、恥ずかしがらなくてもいいじゃないか。ところで夕食はこの部屋でとろうと思うんだが、何にする？」

喰い物のことになるとふたりとも身をのりだしてきた。用意した菓子はあらかた喰べてしまい、三人ともすっかり空腹になっていた。

話がまとまって電話をかけている間に、しず江もアキもホックをはずした。ひとりが腕時計をとって三面鏡にのせると、あとのひとりもその真似をするように鏡の前に並べた。料理の名を告げながら、篠の目は女の動作を執拗に追っていた。

ふたりが浴室に消えるのを待って、篠は三面鏡に近づいて時計をとり上げた。いま正確な時刻は六時三十一分だが、城山アキの時計は正しく六時三十一分をさしており、しず江のそれはほぼ二分間すすんでいた。篠は双方を十五分ずつ遅らせてから、自分の針もおなじようにもどしておいた。しず江達が室外にでてフロントの時計をながめれば別だけれど、この室内にいる限り、彼女らの時刻の観念を支配するのはこの三個の時計なのである。そして三個が三個とも同じように遅れていれば、しず江にしろアキにしろ、それを疑る気は絶対におきないはずであった。あの雑誌に載っていた『マロージェノエ』の同室者はひとりきりだが、それをふたりにふやしたことで効果は一段と大きくなるのだ。篠は、自分の思いつきをだれかに誇りたかった。

彼の計画では少なくとも三十分の空白時間を必要としている。かといって針を一度に三十分も動かすことは大胆すぎた。おや、と気づかれる恐れが多分にある。だからそのためには再度の機会を狙わなくてはならなかった。さらにまた、アキ達が部屋から外にでて自分の時計の遅れに気づかぬように手を打っておく必要があった。しかしこの問題は『マロージェノエ』に書いてあるとおりにやればいいのだから、容易に解決できるのである。要は、怪しまれずに巧みにやれるか否かということであった。

食事が始まって間もなく、篠は調味料をとろうとして瓶を倒し、故意にしず江の服を汚した。金切り声をあげる。篠はおどろいて立ち上るとナプキンを摑んで駆けよろうとしたが、間違ってテーブルクロスまでつまみ上げ、その拍子に陶器のつぼを城山アキの膝に落としてしまった。スカートがブラウンソースまみれになる、アキは絶望的な声をだす。

「ごめん、すまない、悪かった……」

篠はますます慌てたふりをして、ナプキンを手にして右往左往する。ふたりの女性は大切な服を汚されたものだからすっかり気が顚倒していた。篠が多少まずい演技をしたとしても、それに気づくゆとりはなかった。

「ともかく食事をすませてしまおうよ。汚れた服は風呂場で洗濯してやる。出発するまでには乾くだろうから、メイドにアイロンをあててもらえばいい」

「あたし達はどうなるのよ。裸じゃ散歩もできないわ」

「仕方がないからベッドに入っているんだね。そのかわり明日は白樺湖につれていってやる。昼食は千曲川のほとりで鮎の田楽ということにしようじゃないか」

ひたすらした手に出て女たちの機嫌をなおそうとした。

「服はぼくに委せなさい。力があるからたいていの汚れは落ちちゃうよ」

「そんなことされたら破れてしまうじゃないの。自分のものは自分で洗うわよ」

アキ達は巧みに誘導されて再び浴室へ追いやられることになった。

皿がさげられた後、ふたりの女性は服をぬいで半裸にちかい姿をした。下着にまでしみとおっていたからである。篠は窓のカーテンをひいてやり、目の毒だなどと下手な冗談をいいながら自室へ引き返していった。が、二分もしないうちに足音を忍ばせてもどると、前と同じようにしてしず江達の時計の針を十五分ずつバックさせた。合わせて三十分の遅れをみたことになる。

大事な服を洗うのはハンカチ一枚を洗うのとはわけが違う。女達は当然それに熱中するだろうし、時間もかける。そうなれば後で時計をのぞいても、十五分程度のずれに気づくはずもないのである。

部屋に帰った篠は自分の時計も十五分おくらせておき、ついでポケットの中身を洋服簞笥に移した。犯行現場にライターなり靴ベラなりを落とさぬためであった。『マロージェノエ』の犯人は争う際にペンダントをひきちぎられ、ホテルに戻って気づく。そして深夜ふたたび現場にとって返すのである。サスペンスフルな情景は小説のなかだけの出来事にしなくてはならない。

「軽井沢ははじめてだから期待してたのよ。つまんないわ」

洗濯物を干しおわると、しず江はまるい顔をしかめて不平をいった。彼女達は小説のなかの登場人物とは違ってベッドに入らずに、ホテルの寝巻に着かえて手持ちぶさたの様子だった。篠は用意しておいたトランプをもって来て一時間ばかりつき合ってから、九時十五分前になると立ち上り、タバコを買うついでに散歩をしてくるからといって外にでた。小説にはないことだけれども、ふたりともゲーム好きだからカードを預けておけば夢中になって、時間の感覚がゼロになる。仮りに篠の散歩が三十分に及んだとしても、暗示一つでそれを十五分間とも四十五分間とも錯覚するに違いないのだ。

しず江は慣れた手つきでカードを切っていた。

「おみやげ頼んだわよ」

そういったきり振り返りもしなかった。

　ひとりになり、これからやろうとすることを考えると、再び気が重くなってくる。臆病（おくびょう）風に吹かれたのか、だらしがないぞ、しっかりしろ！　自分で自分を叱（しか）りつけてみる。篠は何かに挑むように肩をはって、そのむかし草軽（くさかる）電車がとおっていたあたりを歩いてみた。草の葉には早くも露がおりている。靴とズボンの先がぐっしょりと濡れてしまった。

　ホテルの近くにタバコ屋と菓子屋を兼ねた小さな店がある。九時になるのを待ってロングピースを求め、ついで時刻をたずねて、腕時計の針をあわせるそぶりをしてみせた。九時にタバコを買ったことが、彼の偽アリバイ造りの上に重要な意味を持ってくるからである。

「おや、ラムネがある。懐しいなあ」

　ガラス張りの冷蔵庫を覗いて瞳をかがやかせた。ここでラムネを売っていることは既に調査済みなのだ。

「近頃はねえ、ラムネの工場が少なくなりました。うちのラムネは高崎から仕入れているんですけど、空き瓶が不足しているとかで注文した半分ぐらいしかよこさないのですよ」

「物資欠乏時代の話みたいだな」

篠は明るい微笑をみせた。

「友達にも飲ませたいんだけど、おばさん、よく冷えたのを三本くれませんか」

瓶代をさし引くと一本が十五円である。東京のラムネは二十五円もしたじゃないか。昨今の懐工合のよくない彼には、そうした些細なことまでぴんとくるようになっていた。

栓をぬいてもらい、白い泡がふきこぼれている瓶を器用につまむと、暗い途をぬけてフロントに入った。居合わせたボーイがびっくりした顔つきでラムネを見ていた。

「この時計は合っているんだろうね？」

ここでも篠は時刻を問題にして、ボーイの印象にのこるようつとめた。少しくどすぎるかもしれない。だが、タバコ屋の記憶だけをあてにすることは危険だと思ったのだ。

階段を上ると自分の部屋にとび込んで、洗面台のなかにラムネの中身を捨ててしまい、あき瓶を衣裳簞笥のなかに隠しておいた。ついで非常階段から地上におりる。落葉松林に走り込むと車に乗ってスターターを踏む。このときの正確な時刻は九時四分であった。湯沢が利用する鈍行列車の軽井沢駅着は九時十二分だから、充分に間に合うのである。篠は慎重にハンドルを握りつづけた。

　駅の手前でパークさせた。ゴム底の靴にはきかえると、そのままで様子をうかがった。

　軽井沢は小さな駅だ。列車が到着すると、三分とたたないうちに改札口からは先頭の降車客が姿をあらわす。その降車客の間から、ずんぐりした体つきの湯沢を発見するのは容易だった。篠の目には、目尻のさがった多血質らしい赤い顔まではっきりとみえた。暑がりの彼はしきりにハンカチを使っていた。

　客の半分がタクシー乗り場で列をつくった。だが湯沢は並ばない。雨が降らぬかぎり、二キロ近い道を歩いて帰るのだ。上体をゆすぶるような癖のある歩き方は、好個の目標となった。

　篠は車をスタートさせて人家のとぎれた場所に先廻りすると、エンジンを止めて待ち伏せした。二分もたたぬうちに湯沢が通りかかった。汗をふくハンカチが夜目にも白かった。やり過しておいて用意してきた棍棒をふりおろす。昏倒したやつを引っくり返して胸に耳をあてた。完全に息の根をとめてしまわなくては意味がないからだ。だが、聞えるのは篠の呼吸する音だけであった。それは自分でも意外に思ったほど激しかった。

ふと靴音が聞えたような気がした。はじかれたようにとび起きて車に駆け込む。ホテルへむけて無我夢中で走らせた。

松林のなかに車を停めたのは九時二十六分であった。城山アキの遅らされた時計でいえば九時四分前であるし、しず江のそれは二分前をさしている筈である。篠は、彼女達の時計が九時を少しすぎた頃にドアをノックすることにしていた。その手に冷たいラムネを持って入っていけば、アキ達は、篠がラムネを買ったその足で戻ってきたものと思ってしまう。ラムネを買ったのが九時であることはタバコ屋のおばさんとフロントのボーイが知っている。そして部屋に入ったのが九時をすぎたばかりの頃だったことは、アキとしず江が覚えている。つまるところ、篠には軽井沢駅まで往復して犯行する時間がないことになるのだった。

篠はゆっくりとゴム底の靴をぬいで革靴にはきかえてから、ぬいだ靴と兇器の棍棒を車のトランクに入れた。これは帰京して燃やすことになっている。だから、殺人現場に靴跡が残っていたところで何の心配もいらないのである。

ついで車のトランクをあけて小型のアイスボックスを引きよせると、冷えた三本のラムネをとり出した。ずっと前に東京の場末の町で買っておいたラムネであった。篠はそれを小脇にかかえてホテルの裏にもどり、非常階段から三階に昇った。人影のないのをみすましておいて万年筆を利用して栓をぬいた。小さなさわやかな音とともに冷たい液体があふれ出て、汗のにじんだ篠の手を快くぬらした。女の部屋に入ったときも依然としてラムネは発泡することを止めなかった。それは手からあふれて床の絨毯（じゅうたん）の上にしたたり落ちた。

「まあ、ラムネじゃないの。子供の頃を思い出すわ」

アキが嬉しそうな声をだした。

4

残されたいくつかの仕事を、篠はすべて完璧にやりおえた。その第一は、しず江達の時計の針を三十分間すすめてもとの状態にすることだが、これは寝る前にお茶にまぜた睡眠剤を呑ませ、夜中に女の部屋に忍び込んで目的を遂げた。

タバコ屋で買ったラムネの瓶、つまり中身を洗面台に捨ててしまったほうだが、その空き瓶は出発前に返して瓶代を受け取った。

東京から秘かに持って来たラムネ、これは三人の胃袋に注ぎ込んだラムネだが、この空き瓶は帰京した日の夜そっと東京湾の底に沈めてしまい、兇器とゴム底の靴は予定どおり焼却した。

『マロージェノエ』の犯人はラムネのかわりにAB二つの店で求めた氷菓子を用いたところ、運わるく一方の店の品物がチフス菌で汚染されていたため犯人も発病してしまい、氷菓子が二種類あったことが判ってアリバイが崩壊するのである。だが篠のラムネはそうした心配はなかった。買ってからすでに三週間になるけれど、江戸川方面ではチフスも赤痢も発生していない。小説のなかの不運なヒロインとは違い、篠には完全犯罪の自信があった。

湯沢の屍体は日曜日の朝はやく発見されたという話だった。しかしその噂がホテルまで流れてこないうちに、篠達の一行は白樺湖めざして出発した。アキ達が湯沢の死をきかされて驚いたのは月曜の朝、出社したときである。社内はその話でもちきりだった。だれも仕事が手につかない。しず江もアキもミスタッチばかりやってタイプ用紙を破っていた。

正午前に長野県警の刑事が訪ねて来て、故人の性行や人間関係を根ほり葉ほり訊いて廻った。頭の鉢のひらいたその刑事は三十四、五歳だろうか、顔色がわるく不精髭をはやしていて、みるからに田舎刑事といった恰好だった。胸のポケットには万年筆が三本に鉛筆が二本、それに汚れた手帳まで突っ込んである。手には、これも汚れた表紙の文庫本を二つ折りにして持っていた。

　そうした刑事をみるにつけ、篠の自信はいよいよたかまっていった。こんな頼りない連中が捜査官をやっているなら長野県下の犯罪はすべて迷宮入りになってしまう。それでも捕えられるやつがいたら、そいつはよほど間抜けな犯人に違いない。

　刑事が帰っていくと入れ違いに給仕が香典を集めにやって来た。湯沢は大して人気のある男ではなかったにせよ、その死が突然であり、加えて屍体のかたわらに愛児へのみやげが落ちていたことが同情を呼んで、予想以上の額になるという話だった。篠は五千円をさしだした。

　頭の鉢のひらいた刑事は、その翌日も訪ねて来た。しず江とアキがひとりずつ応接間に呼ばれて事情聴取をされているという話をきいて、篠は小首をかしげた。だが考えてみれば不思議はない。事件が発生したときに同じ土地にいたのだから、訊問されるのは当然なのだ。つぎはおれの番だろうが、確固としたアリバイがあるから心配は無用だ。自分にそういいきかせながら篠はたてつづけに四、五本のピースを灰にした。

「篠さん、刑事さんが……」

「解った、いくよ」

故意にゆっくり立ち上った。

「タイミングが悪かったよ、なあ」

と土井がいい、それを無視して階段をおりた。

「まあお掛けなさい」

泥くさい刑事はその部屋の主（ぬし）のように振舞い、それがまた篠の反感に火をつけた。彼は故意に仏頂面（ぶっちょうづら）をつくってみせた。協力はしないぞという示威でもあった。

「じつはね、殺された湯沢の奥さんに会っていろいろ訊いたところがですね、殺された主人があなたから月々十万円の金をゆすっていたことを語ってくれたのですよ。ま、そんな話をきくと、われわれとしてもガイ者に対する同情などは吹っ飛んでしまいます。しかし仕事は仕事ですからな」

早くも強請（ゆす）られた事実を摑まれている。篠はぎくりとした。仏頂面が一瞬蒼ざめた。だが仮りに疑られたとしても、おれにはアリバイがあるのだ。びくびくすることはない。

「となると、篠さんにも動機があるわけですね。しかも現場に近いホテルに泊っていらっしゃった――」

「偶然ですよ。ぼくにはアリバイがある」

「それはきいています。タバコ屋でロングピースとラムネをお買いになった。それが九時だったことはタバコ屋とホテルのボーイの証言もあります。城山さんと桐野さんにも問いただしてみたのですが、時刻の点では間違いなかったのです」

「そのとおりです。散歩から戻ったのが九時を一、二分すぎた頃でした。新聞でみたところでは、湯沢君は九時十二分着の列車でやって来たそうではないですか。ぼくは九時から以後はずっとホテルで城山君達と一緒にカードで遊んでいたのですよ。こんなはっきりとしたアリバイ——」

「まあ興奮しないで。落着いて下さい」

篠を押しとどめるようにいうと、テーブルの手帳を取り上げた。その拍子に篠の目は手帳と並べおかれてある文庫本の上に落ちた。手垢（てあか）だらけの表紙には微（かす）かに『純粋理性批判』の文字が読めた。篠は恐ろしいものでも見たように息をつめ、ついでごくりと喉を鳴らした。

「おふたりの女性に訊いたのですが、部屋の絨毯（じゅうたん）の上にラムネをこぼされたそうですな」

「ええ。それがどうかしたのですか」

「べつに。ただ、われわれが入っていったとき、蟻がいっぱいいたかっていたのです。

蟻がね」

「…………」

「つまりあのラムネには砂糖が入っていたというわけですよ」

刑事はなにをいおうとするのか、篠には全く見当がつかなかった。

「あのラムネはホテルの前のタバコ屋でお買いになったそうですが……」

「それがどうしたというんです？」

「あの店で売っているラムネは人工甘味料入りなのです。砂糖は入っていない。ですから絨毯にこぼしたとしても蟻は寄ってこないのです。あの虫は砂糖は好きだが、ズルチンやサッカリンには見向きもしないですからね」

「…………」

真白になった唇を篠はなめていた。なにか反駁したかったが適当な言葉がうかんでこない。あれほど注意ぶかく考えぬいてやったのに、このざまである。

「ところで、あなたが二種類のラムネを同一のラムネであるようにいいくるめた理由について、説明を聞かせてくれませんか」

「…………」

篠は刑事の言葉をほとんど聞いていなかった。

「……『マロージェノエ』とおなじことになってしまった……」

「え？　なにかいいましたか」

刑事は声を大きくして聞き返した。

未草（ひつじぐさ）

1

戸田橋（とだばし）のドライヴインで成功したことが自信をつけた。要するに落着いてやることだ。おどおどした様子をみせたり、声にふるえがきたりすると、怪しまれるもとになる。大宮へむけて車を走らせながら、何度となく自分に言い聞かせた。

日曜日の十時すぎであった。国道17号線は一週間のうちでいまが最も混むときである。だが、由起（ゆき）はそこを狙った。混雑にとりまぎれてやるのが最も安全なのだ。

由起はいつになく慎重運転をやった。大宮まで三台の車に追いぬかれたが、いつものようにかっとすることがなかった。なにも急ぐことはない。もし事故を起し、死なないまでも、車のなかを調べられたら一切が水泡に帰してしまうのである。由起は、万が一にも事故を起したら、むしろ即死してしまったほうがいいと考えている。

大宮の入口に二軒目のドライヴインがあった。由起は慣れたハンドルさばきでブルーバードを割り込ませると、さっさと店に入っていった。フォックス型のサングラス、白のサテンのブラウス、鰐革（わにがわ）のハンドバッグというドライバーらしからぬ服装は、いやでも人目をひいた。それを無視してテーブルにつき、珈琲をたのむ。絹の手袋をはめたままなのは、いうまでもなく指紋をのこさぬためだが、他人の目にはどこかの令嬢として映る筈（はず）であった。

由起は、ドライヴの疲れをいやそうとするように、ゆっくりと珈琲を飲んだ。ひとくち啜（すす）ってはおもむろに窓に目をやり、戸外の風物を楽しんでいるように演技した。要するにこせこせしないのがコツなのだ。

四、五分かかって一杯の珈琲を飲みおえた。伝票をつかむとカウンターの前に立つ。バッグの口を開けなかを覗いて、ちょっと舌打ちをした。それも軽く、上品に、つつましやかに、であった。

「困ったわ。一万円札でよろしいかしら」

おっとりした口調で訊く。

「ええ、どうぞ」

ドライヴインともなれば一万円紙幣をだされていやな顔をするところはあるまい

と踏んだのだが、果たして戸田橋でもここでも二つ返事で釣り銭をくれた。

「なんだか暑くなりそうだわね」

金を受け取るとなかば独語するようにいって、外にでる。しょぼくれた恰好をしていれば怪しまれることもあるだろう。だがお嬢さん然としていれば、まさかこの女が偽札使いだとは思うまい。そこがつけ目だった。

鴻巣でもうまくいった。行田でも成功した。熊谷、深谷、本庄……、どこのドライヴインでも気づかれなかった。紙幣は会社の昼休みにこっそり複写器を利用して造り上げたものであった。表と裏をべつべつにコピイにとって、それぞれの裏面をサンドペーパーでこすって薄くしたのち、毛筆でスカシを描いておいて、貼り合わせるのである。生れつき手先が器用だった上に、昆虫を写生するために細密画を習ったことがあり、その技術をいかして彩色をほどこした。出来上ったその偽札を少し揉んでから拡げると、色感といい触感といい、本物そっくりになる。ちょっとやそっとで見破られるわけはないのだった。

百五十円の珈琲をただ飲みした上で、九千八百五十円也を頂戴するのだから、これほど結構な商売はない。しかし、一度どこかの店で偽札であることが見ぬかれてしまうと、その噂はすぐに知れてしまうから、二度と行使することは危険になる。

偽札は、短期間のうちに広域にわたって使うのが鉄則であった。

出来のわるい偽札はその場で気づかれてしまう。これは問題外として、どれほど巧妙に刷られた偽札でも、銀行に持ち込まれると百パーセント見破られるのである。由起としては、いずれは発覚するものとしても、その時期をできるだけ先に延ばしたかった。彼女が日曜日をえらんだのは混雑にまぎれて自分の人相を覚えられまいとする他に、この日は銀行が休みであることが大きな理由になっていた。

高崎で17号線と別れると、軽井沢を目ざして18号線を走った。軽井沢には会社の寮があるから、夏になる度に何回か通ったコースであった。由起が犯行の場として17、18号線の沿線をえらんだのは、いわば土地カンがあったからなのである。

18号線に入るとにわかに視界がひらけた感じがした。左手に平行してながれるのは碓氷川(うすいがわ)であり、それを越えた彼方の丘陵(きゅうりょう)の上に白い観音の像がみえた。

由起はすでに十軒ちかい店で珈琲を飲んでいる。カーヴにさしかかる度に、腹のなかでちゃぷちゃぷと小さな音がした。高崎のつぎの安中(あんなか)のドライヴインではさすがに好きな珈琲にも飽きてしまい、アイスクリームを注文した。ウエハースのしなやかな、かりかりとした歯ざわりが爽やかな感じで快かった。

アイスクリームは百円だから、受け取った釣り銭は九千九百円になる。小綺麗な顔つきの店員は、ただで馳走してくれた上に、愛想よく礼をいって送りだすのであった。

松井田ではジュースを三個もとめ、そのうち一罐を店で飲んであとは車に持ち帰った。由起の胃袋はもうあふれそうで、これ以上の液体を受けつけそうになかった。このままだと横川のドライヴインに到着しても、どうにもならないのである。

由起は時間をかせぐために横道に折れると、いつか行ったことのある妙義湖に寄ることにした。そして梁瀬と結婚したらもう一度ここに来て、二人でボート遊びをしようと思った。いまの若者にしては珍しいことだが梁瀬は車の運転ができない。そればかりでなく、由起の黒塗りのブルーバードを見て目をまるめるのである。ブルーバードは水色の車だとばかり思っていたというのだった。これが学究肌というのだろうか、どこか抜けていて頼りなく、それでいて由起を魅きつける何かを持っている。

一時間ほどたってから再び18号線にもどった。碓氷峠の入口にある横川には四、五軒のドライヴインが軒をつらねて並んでおり、一挙に数万円が稼げる穴場でもあった。だが、呑み屋ならともかくのこと、ドライヴインの梯子をやれば怪しまれるに決っていた。由起はそのうちの一軒で昼食とおやつを兼ねた釜めしを食べ、釣り銭をごっそり貰うと、あとの店は目をつぶって通過した。

碓氷峠を越えると急に空気が冷えてくる。同時に、彼女もまた生き返ったような思いがした。二ケ月余りかかって丹念に仕組んだ犯罪計画だから成功する自信はあったけれど、それでもいざ偽札をさしだすときと釣り銭を受け取るときは何度やっても身がすくんだ。

つんと気取った表情をして、悠揚せまらぬ足取りで出てくるのだが、車にのってスタートする途端にどっと汗が吹き出すのだった。梁瀬とはじめてデートしたときのように動悸がしてしばらくはおさまらない。今日一日で目標額をかせいでしまったら、二度とこんな冒険はしたくないとつくづく思った。

そろそろシーズンだから軽井沢の会社の寮にも顔見知りの社員が来る筈だった。彼等に姿を見られてはまずい。由起は用意してきた地味なネッカチーフで顔をつつむと、中軽井沢まで一気にとばした。さらに小諸まで走って小海線にそれ、とある村の麦畑のそばまでいって車を停めた。下手に懐古園などに足をのばすと鉢合わせをするおそれがあるが、横道に入ればもう安心だった。由起は人影のない畑のかたわらで日が暮れるまで休息した。東京では見ることのできなくなったヤンマが飛んでくると、エンジンカバーの上にながい間とまって大きな目玉を動かしていたりした。

帰途はおなじく18号線と17号線を走ることにしている。といって、そうそうドライヴインで稼ぐわけにもいかないから、ガソリンスタンドを仕事場にする予定だった。店員とかわす会話は少なくてすむし、本人は暗い運転席に坐っているのだから人相を見られることもない。往路のドライヴインに比べるとはるかに安全なのだった。しかし、由起が夜を選んだことにはもう一つの理由がある。つぎのスタンドへ向う途中で、満タンになったガソリンを捨てなくてはならないからだった。昼日中(ひるひなか)にそんな真似をしたら、たちまち怪しまれてしまう。

由起は腕をまげて手頸の時計を見た。六時になったら発車させることにしていた。

2

予期したとおり、偽札であることは銀行で見破られた。窓口で小首をかしげられたのが三件、あとは閉店後に発見されている。国道17号、18号ぞいのドライヴインとガソリンスタンドが片っ端からやられているというので、各紙の夕刊も競って大きく報道した。

会社の帰途、あちこちの新聞スタンドで一部ずつ買ってアパートに戻ると、ドアの鍵をかけておいて畳の上にひろげた。行使したのは妙齢の美人だったということで被害者全員の意見が一致している。が、車の型やナンバーについては殆ど覚えているものはない。わずかに、高崎の給油所の店員が黒っぽいブルーバードだと語っているだけだった。

由起はほっと安心するとともに、どの記事も自分を美女扱いにしていることに満更でもない思いがした。大きな二重目蓋の目を褒めてくれた人はいるけれども、鼻の形も唇の恰好も不満ならば、長方形の顔の輪郭も嫌いだった。その不満だらけの顔を、どの被害者も口をそろえて美人だといってくれているのである。由起は立ち上って机の上の鏡をとり、覗き込んだ。美女だといわれて自信が湧いたせいか、思っていたほど酷い顔でもないような気がして、なんだか急に楽しい気持になってきた。

坐りなおして再び夕刊をとり上げてみる。どの新聞も申し合わせたように戦後の偽札事件を概括的に紹介し、社会評論家や心理学者、犯罪研究家に推理作家といった人々の見解をのせていた。なかでも滑稽だったのは推理作家の某女史で、女性にはそんな度胸はないから犯人は男娼に相違ないといい、男のくせに女装して女性に罪を転嫁するのは怪しからぬと一人でいきり立っているのだった。由起は腹をかかえて畳の上をころげ廻った。

ブルーバードを乗り廻す女は世間にいくらでもいるのだから由起だけが怪しまれる理由はない。仮りに、もし刑事が尋ねて来たとしても、物的証拠さえ掴まれなければ心配することはないのである。由起は余った偽札をはじめ、彩色に用いた絵具や絵筆をまとめて、ガスレンジで焼却してしまった。複写に用いた本物の紙幣を持っていると、万一発見された場合に申しひらきができない。だからこれはコピイをとったその日のうちにデパートで使っておいた。だから、今回の偽札事件の犯人が挙げられるおそれは全くないのである。

新聞やテレビは連日この事件を報道しつづけていたが、捜査が一向に進展をみないものだから、五日もすると記事は小さくなりはじめ、十日後には完全に紙面やブラウン管から消えてしまった。由起はほっとした思いになると同時に、一抹の淋しさを感じた。マスコミにちやほやされていた俳優が人気を失って没落したときには、これと同じような気持がするのだろうなどと思ったりした。

由起は梁瀬一夫とおなじ建設会社につとめている。彼はコンクリートの技師で由起は最年長のタイピストだった。文書課と研究室とでは建物が違うから、会社ではほとんど顔を合わせる機会がない。退社後に近所の喫茶店で待ち合わせると、食事をしたり映画を見たりしてデートを楽しむのである。もっとも、梁瀬が月水金の三日は定時制高校で数学をおしえているので、由起が梁瀬に逢えるのは週に三日にしかすぎない。その火木土曜日の夕方ちかくなると彼女は気もそぞろになり、先輩のタイピストらしからぬミスタッチをしばしば犯すのだった。それを見たわかい同僚たちは、しかし眉をひそめたりは決してしない。二十九歳になって初めて恋人を得た由起を、むしろ暖い目で見まもっていた。

　偽札事件が起きてから半月ばかりすぎた木曜日の夕方であった。由起はいつもの喫茶店に行き、梁瀬の来るのを待っていた。バッグのなかには化粧函に詰めた純金のライターが入っている。三十五回目の誕生日の贈り物であった。だが、これをさし出したら梁瀬は何だと思うだろうか。俗事にうとい彼のことだから、おそらく自分の誕生日すら覚えていないであろう。そのきょとんとした表情を想像しただけでおかしくなり、由起は思わずにやにやしてしまった。

　入口の扉があいて女が入ってきた。由起に似た肥り気味の大柄な体つきから、人事課の吉田満江であることがすぐ判った。由起よりも一歳年上の、これもまだ独身の女性である。以前はべつに何ということもなかったけれど、彼女もまた梁瀬に熱を上げているという噂を耳にして以来、ライバル意識なしで眺めることはできなくなっていた。先方にしても同じ思いなのだろう。梁瀬と婚約してからというもの、嫉妬と憎悪をないまぜにした目で由起を見る。

吉田満江は入口に立って店内を見廻していたが、由起の姿に目をとめると、つかつかと寄ってきておなじテーブルについた。思いがけぬ行動に一瞬呆気にとられている由起を、満江は厚ぼったい唇をゆがめ、こころよげに見つめている。

「梁瀬さんを待っているんでしょうが、お生憎さま。彼、来ないわよ」

むっちりとした体つきに似合わぬ、ほそい可愛らしい声をだすのである。

「なにいってんのよ」

由起も負けずに冷笑をうかべていい返した。婚約をした以上は勝負はついていた。いさぎよく尻尾をまいて引っ込んだらよさそうなものではないか。

「梁瀬さんは来やしないといっているのよ。あたしが断ったんだから」

「え？」

「頭痛で早退しましたって電話をかけたの」

「何ですって？　なぜ余計なことをするのよ」

と由起はヒステリックに詰問した。店のなかには他に幾組かの客がいるから、大きな声をだすわけにはいかない。

満江はまた口をゆがめた。分厚い毒々しい色をした唇であった。

「わたしがあなたととっくり話し合うためによ。梁瀬さんには聞かせないほうがいいと思ったからなのよ」

「あなたなんかと話し合うことない」

「あなたにはなくとも、わたしにはあるのよ。中仙道で起きた偽札事件の犯人が誰か、わたしはちゃんと知っているんだから」

飲みかけた珈琲が気管支に入ってしまい、由起ははげしくむせた。満江は自分の一撃があたえたショックの大きさを楽しむように、目を細めて見ている。紅をこってり塗った唇の両端が少しずつめくり上ると、白い歯がみえてきた。妙に糸切り歯がとがっている。

「どう、驚いたようね？」

「驚いたりしやしないわ。あんまり桁はずれの出鱈目をいうもんだから呆れ返ってるのよ」

「出鱈目かどうか、話を聞いてから判断するがいいわ。ふた月ばかり前のお昼休みのときだったの。用があって文書課のお部屋に入っていくと、あなたが複写器の前で何かこそこそやっている。様子が、なにかこう怪しいのよ」

「…………」

「変だなと思ってドアの陰から見ていたの。そしたら、ちょうどそのとき隣りの部屋で電話のベルがなったものだから、あなた飛んでいったでしょう。その隙に複写器をのぞいてみてびっくりしたわ。一万円札を何枚も複写しているんだもの」

「…………」

満江が、単なる当てずっぽうではったりをいったのではないことは明白であった。電話のベルで隣室へ行ったのも、彼女の語ったとおりだったからだ。後で数えてみると枚数が合わない。しかしあのときは盗まれたとは思わずに、勘定を間違えたものと考えて、あらためてもう一枚を複写したのである。

「あなたが本気で偽札を使うとは想像もしなかった。誰か悪いやつにたのまれてやったんじゃないかなと思ったわ。だから咄嗟(とっさ)の判断で一枚ぬきとると急いで逃げ出してきたのよ、後でなにかの役に立つかと思って……」

「早く結論をいいなさいよ。いくら欲しいの？」

金を受け取らせれば満江にも弱味が生じる。由起はそう考えていた。

「変なことというと怒るわよ。あたし恐喝なんてしちゃいないわ」

「じゃ何なのよ」

「梁瀬さんから手を引いて欲しいの。梁瀬さんは世事にはうといけど、いまどき珍しい善人なのよ。あなたみたいな犯罪者の旦那さんにすることは断じて許せないわ」

「尋常な手段ではかなわないから、脅して取り上げようというわけね」

と、由起は皮肉たっぷりに応じた。だがどういおうと、由起の完敗であることは明らかであった。その複写した一万円札を警察に送られれば、梁瀬を失うことはいうまでもない。あまつさえ自分自身もまた刑務所へ入れられてしまうのである。それを考えると、梁瀬を手放すことがどれほど辛く惜しいことであっても、満江の要求を容れるほかはなかった。

「……どうしたのよ。イエスかノーか返事を聞かせてよ」

「無理よ、ここで返事をさせようとしたって。まず、証拠をみせて貰いたいわ。返事をするのはその後のことよ」

由起としては少しでも時間を稼ぎたかった。そしてその間に、一度でも二度でもいいから梁瀬と最後の名残りを惜しみたいと思った。

「いいわ、見せて上げる。紙幣番号をたしかめれば、あたしのいうことが出鱈目かどうかすぐ判るんだから」

満江はそう言い終ると、用はすんだというふうに会釈ひとつしないで立ち上った。由起は放心した面持ちで伝票をいじっていた。

3

物心ついてから涙を見せたことのない勝気な由起だったが、アパートに帰ると、ダイニングキチンのテーブルに顔を伏せて二十何年ぶりかで泣いた。梁瀬はあのように物事に超然としたたちだから、由起にかわって満江が接近すれば、なにも怪しまずにその愛を受け容れるだろう。恋人交替の裏面にどのようなドラマが秘められているか、普通の人間なら何としても真相を知りたいと思うところだが、梁瀬は違う。そんな俗事にかかずらうよりは、コンクリートの強度テストの実験をしているほうがはるかに楽しいのだ。

由起は顔を上げてテーブルに飾られた写真立てを手にとった。丸顔の梁瀬がタバコをくわえ、何かの考えにふけっているところだった。タバコの灰は長くなっていまにもぽとりと落ちそうだが、梁瀬は気づいていない。ひたいが広く、近眼鏡のふちは戦前にはやった野暮ったい丸型のものだった。

由起も梁瀬も係累（けいるい）がなく、天涯孤独の身なのだ。たよる者のない二人がいたわり合い励まし合って人生を送っていくのは、なんと素晴しいことだろうか。どこか茫洋としているコンクリート技師には、細かいところによく気のつく由起のような女性が必要だった。由起は梁瀬の面倒をみることに生き甲斐を感じていた。その彼女が、危険をおかしてまで偽札を使ったのは、デパートで見た五十万円の花嫁衣裳を買うためだったのに、吉田満江はその甘美な夢をぶちこわそうとしているのである。

梁瀬をとられてなるものか！　そう思って唇を嚙みしめる。だが、考えるまでもなく、満江に強力な切り札を握られている限りは、由起の敗北は明らかであった。由起としては思い切りよく、敢然として恋人を譲るほかはないのである。

理屈ではそう理解できるものの、だからといってむざむざと梁瀬を渡す気にはなれなかった。たった一枚の紙幣のコピイをネタに、有無をいわさずに恋人を奪っていこうとする満江が憎かった。あんな豚みたいな女に梁瀬が抱かれるのかと思うと、それだけで耳の奥の血管がうなりをたてて鳴りだすのだった。あの太い頸（くび）に指をかけて絞め殺してやりたい。由起はそうしたことも考えた。

その夜の由起は食事をする気も起らぬままに、ぼんやりとイスに坐っていた。八時を少しすぎた頃に電話のブザーが鳴った。管理人室で切りかえてくれる共同電話である。

「わたしよ、吉田満江」

由起は思わず身を固くして受話器をにぎりしめた。聞いただけで吐き気をもよおしたくなる声だった。

「今度の日曜はどう？　二時から三時までの間ならあいてるんだけど」

「…………」

「あたしのアパートまで来て欲しいのよ。場所をおしえて上げるからメモにとって……」

頭から由起の思惑を無視して、押しつけるようにいうのである。不本意ながら、由起は指示されたとおりにメモをとった。

「ねえ、口惜しいでしょう」

「…………」

「なんとかいったらどうなのよ。でもね、梁瀬さんがあなたと婚約したと聞いたときは、あたしも口惜しかったわ。毎朝出勤する途中で、フォームから電車に飛び込んで死んでしまおうと思ったくらい口惜しかった」

「…………」

「ね、因果はめぐる小車のっていうじゃない。禍福はあざなえる縄の如しってこともいうわね」

「…………」

図に乗って喋る満江の声を、由起は身をふるわせて聞いていた。いきなり通話を切ってしまえば聞かずにすむのだけれど、そうしたはしたない行為は由起の自尊心がさせないのである。

「いいこと？　今度はあなたが口惜しがる番よ。でも鉄道自殺なんて早まったことはしないほうがいいわ。気長に待てば、またどんな男性が現われるか解らないもの」

「…………」

「年が年だから梁瀬さんみたいな初婚の人は無理だけど、後妻のくちならあるわよ」

甲高い笑い声をひびかせてぷつんと切れた。じっと脂汗をうかべて耐えていた由起の心のなかで、何かが金属的な音をたてた。理性の止め金がはずれて歯車が逆転をはじめたのはその瞬間であった。由起の胸のうちで満江に対する憎悪が際限なくふくれ上っていった。

彼女は日曜日の二時から三時までの間に来てくれと伝えているのである。殺すとするならその一時間がチャンスだった。一万円札のコピイを奪って逃げ帰れば、由起を悩ますさまざまな問題は一挙に解決がついてしまう。薔薇色の太陽はふたたび雲の後ろからふくよかな顔をだして、由起の前途を照してくれるのである。進むべき道は一つしかなかった。逡巡している場合ではない。

満江を殺したのはいいが、犯人であることがばれて捕えられてしまうのでは何にもならないのだ。由起としては完全犯罪を狙わなくてはならなかった。数えるまでもなく、残された期間は金曜と土曜の二日しかない。その限定されたわずかな時間に、完璧な犯罪計画を練り上げるのはかなり難しいことであった。由起は頭痛を口実に欠勤届をだしておくと、自分の部屋にとじこもってこの難問と対決した。

テレビドラマから得た知識で、何よりもまず、アリバイを用意しておかなくてはならないと考えた。満江が殺されたその時刻に、はるか離れたべつの場所にいることができたら、由起への疑惑はたちまち晴れてしまうのである。木曜の夜と金曜日をまる一日投入して、由起はアリバイづくりの方法を検討することにした。

文字どおり、由起は寝食を忘れた。日曜日のチャンスを逸すれば、もう、二度と好機はめぐってこぬものと思わねばならない。眠っている暇などはなかった。三十分ほどまどろむときはあったが、あとは珈琲を飲んで睡気をおい払い、考えに考えた。

苦心の甲斐があってアリバイ計画ができ上ると、今度はどうやって殺すか、その手段を工夫しなくてはならない。しかし、これはアリバイ問題と違って、比較的容易に、すらすらと解答がでた。幾つか想定される方法のうちで最も安全なものを選べばいいのだから、それほど苦労を必要とするわけもないのである。

拳銃を使うことは発射音が隣室に聞えてしまうし、なによりも入手が困難だから除外した。手に入れるのが難しい点では毒薬も同様であった。それに、小説やテレビドラマを見ると、相手が横をむいている隙に手早く毒薬を飲み物に落し込んだりするけれど、現実の世界ではそう旨(うま)い工合にそっぽを向いてくれるとは考えられない。いや、由起は歓迎されざる客なのだから、満江が紅茶をだすとは思えないのである。それやこれやを考えた揚句、手段は絞殺、凶器としてビニールの細紐を用いることに決めた。麻のロープをビニールで被覆した、どこの店でも売っている代物である。

「あら、鳩が飛んできた」

でもいい。

「あ、雨が降ってるんじゃない？」

でもいい。窓を向いた一瞬を狙ってとびかかり、素早く絞め上げるのだ。悲鳴をあげる暇もなく満江はぐったりとなってしまう。その後で、蘇生しないように紐を固くむすんでおくことだ。作戦をそう決めると、手持ちの綱を持ちだして枕を満江の首に想定し、この仮想敵をくびる練習をした。

「あら、雨が落ちてきたんじゃない？」

そういって縄をかけ、思い切りぐいと絞めつける。パンヤの赤い枕は由起が幾度かくくっているうちに、やがてヒョウタンみたいな形になっていった。

4

決行を明日にひかえた土曜日の午後、由起は横浜まで出かけた。おなじ外観をした二個の帽子を求めるのが目的であった。しかし、伊勢佐木町中の帽子屋と洋品店を軒なみに探し廻ったが、気に入った品が見つからない。帽子と限ったものではないが、ハンドバッグにしろ、アクセサリイにしろ、洋品店ではおなじ品物を二つ以上はおいていないのである。由起の買い物は簡単なことのようでありながら、実際にはなかなか難しかった。とどのつまりはタクシーを元町まで走らせて、やっとのことで二つの似たような帽子を求めることができた。由起がたてた計画によれば色も形もまったく同一でなければならないのだが、制約された時間でこれ以上のものを発見するのは不可能なことであった。

好きな服を買おうというなら楽しいけれど、この帽子は殺人計画の小道具に用いようというのが狙いなのだから、由起としては面白くもおかしくもない。暗くなって横浜駅にもどったときにはへとへとに疲れていた。由起はフォームで弁当を買い、それをアパートに持ち帰って遅い夕食をすませた。

折箱を片づけてしまうとテーブルの上に二つの帽子を並べてみる。由起自身は帽子をかぶって歩くことがなにか気恥しくて敬遠していたのだが、満江のほうは大胆なのか図々しいのか、ときどき変った恰好の帽子を頭にのせて颯爽と出勤してくるのである。ある意味で、帽子は吉田満江のシンボルであった。

その帽子はいずれもムギワラで編んであり、色は上品なレモン色で、アルプスのガイドが被るような小粋な形をしていた。二個の帽子の違いは微妙なものだった。多少の高低があるのと、折り返したつばの幅に少しばかりの大小があるくらいなのだ。二つ並べて比較すれば気がつくことだけれど、べつべつに見れば、その程度の違いは判別できる筈がない。さらにまた、買い求めた店はいずれも横浜であった。そこから足がつく心配もないのである。

明日、吉田満江を殺したあと、彼女の部屋に帽子aを残しておいて逃げる。そして由起は帽子bをかぶって第三者の目にふれるのである。そこに若干の小細工を弄すれば、殺された満江がまだ生きているように錯覚をおこすことが可能であった。そしてそこを、由起は自分の偽アリバイに利用しようとするのだった。由起はこの計画の成功に確信をもっている。成功すれば、来週の火曜日から再び梁瀬とのデートを楽しむことができるのだ。考えただけでも気持がはずんでくる。

由起は帽子を手にとってためつすがめつ眺めていた。目が光をおびてくるとともに、小鼻がひくひくと動きはじめた。明日になるのが由起には待ち遠しかった。

日曜日――。目覚めたのは十一時を少し廻った頃である。あわてて洗面をすませ、トーストとベーコンエッグの朝食をすませた。不思議に心はたかぶっていない。猛烈に食欲を感じて、いつもより一枚余分にパンを焼いたくらいである。珈琲も、モーニングカップになみなみと注いで二杯も飲んだ。ただし二杯目は気分をしゃっきりさせようと思ってブラックにした。

凶器のロープ、二個の帽子を持っていかねばならないから、ハンドバッグは平素はつかわない大型のものを取りだした。服を臙脂色のワンピースにしたのは、満江もまたおなじ色のツウピースを持っているのと、万一あの女の鼻血が付着した場合、人に見られても気づかれないためであった。赤い服装に白いバッグはいささかぎょうぎょうしかったけれど、他に手頃のバッグはないから止むを得なかった。

この日の三時半に、新宿のデパートで同僚の石坂美知子と金田カツに会う約束をしている。美知子から借りた編物の本を返却しがてら、五時開映のロードショウを見て、その後でおそい夕食を食べる予定であった。二人はなにも知らずにいるが、由起は美知子たちを偽アリバイの証人にするつもりである。

王子から満江の住む高田馬場のアパートまで、国電を利用すれば三十分とかからない。二時から三時までの間という話だったが、二時を二、三分すぎた頃には到着した。五階建てのそのアパートは階段口が四箇所についていて、一つの階段を上っていくと各階に二戸の入口が向き合っている構造だった。由起の安アパートとは違って管理人などというしろものもいない。旨くいけば、行くときも帰るときも誰にも会わずにすむのである。

由起は三階まで上って表札をたしかめた。濃い緑色のペンキのはげかけた扉の横に、吉田寓としるされていた。女ひとりで住んでいるってことが判るとセールスマンがうるさいの。だからあたしの名前は出していないのよ……。食堂で仲間のＯＬにそんなことを喋っていたのを思い出した。

由起はあらたまった顔になった。ハンドバッグをかかえなおし、唇を固く締めた。手には、このときも白い絹の手袋をはめていた。

「来たわね」

鋼鉄の扉をあけると、満江はうす笑いを浮かべていった。恋人を独占できるものと思っているから、声にはずみがあり、どこか浮きうきしている様子がみえた。

「おみやげ何も持って来なかったわよ。だからお茶なんかいらないわ。用がすんだらすぐ帰る」

「いいのよ、遠慮しなくても。せっかく暑い日中に来て貰ったんだからサービスさせてよ」

ピンクの蝶をアプリケした前掛をしめると、炊事場へ立っていった。由起は手持ちぶさたの恰好であたりを見廻した。テレビがありステレオがあり、本箱、ミシンがおいてある。どれも由起の部屋にあるものばかりだった。洋服だんすと三面鏡、それにガラスの人形ケース……。そこまで見てきたとき、由起はにわかに険しい目つきになった。記念写真を引き伸ばしたものだろうか、梁瀬の顔が額に入れて飾ってあったからである。耳の奥の血管が音をたてて鳴りだした。由起は歯をくいしばった。いまに見ていろ、痛い目にあわせてやるから……。

だされた乳酸飲料には口をつけずに、問題の複写写真をみせて欲しいと申し入れた。

「やはり気になるとみえるわね」

皮肉っぽく口をゆがめると、本箱のひきだしを開けて小さな額をとり出した。コピイはガラス板の後ろに複製の名画のような恰好でおさまっていた。

「うっかり手渡して破られたら大変だものね、こうしたのよ。どう？」

手にとり、目を近づけて眸を凝らした。心をしずめて紙幣番号を丹念に読みとる……。

「どうなのよ」

「負けたわ」

由起は捨て鉢な口調になり、頭を上げて相手を見つめた。

「近いうちに会社もやめるわ。見せつけられるの癪だもの」

「そう、残念ね。散々口惜しがらされたお礼にたっぷり見せつけて上げようと思っていたの。どこに勤めるのよ」

「飽きあきしたのよ、OLなんて。うちで編み物の下請けする予定よ。ここに来る途中で寄ってみたんだけど、かなりの収入になるらしいわ」

「収入があるんならいいけど、飢え死にするんじゃないかと心配よ」

図にのって勝手なことを喋っている。むっとした。由起は勝気なたちだから口論には自信がある。どんなに自分の立場が不利であっても、口喧嘩で負けたことはなかった。このときも、思い切り嫌味をいってぐうの音もでないほどに満江を沈黙させてやりたかった。だが、相手を油断させるためには、敵意を悟られてはならない。

「綺麗な花ね」

テーブルの上の水盤に目をやると、さりげない調子でいった。姫水蓮に似た小型の白い花と、クワイみたいな葉の水草がいけてある。

「花が咲いているのが未草よ。あとはオモダカとコウホネ。河の骨って書くんだから、文字からくるイメージはちょっとグロテスクだけど、涼しそうでしょう」

由起の秘めた殺意には少しも気づいていないらしく、満江は饒舌であった。コウホネも変な名前だけれど、未草というのもはじめて聞く名だ。色が白いからヒツジグサとでも呼ぶのだろうか……。

「ねえ、胃をわるくしてるから甘いものは駄目なのよ。帰る前にお水をくれない？」

「いいわ。氷を入れてあげる」

満江は立ち上って炊事場へ行こうと背をむけた。由起の待っていたチャンスだった。ロープを手にして立ち上った拍子に、膝のバッグが音をたてて転げ落ちた。

「なによ、その紐！」

振り返った満江は、叫ぶと同時に飛びかかってきた。二人は抱き合ったまま互いに相手を組み伏せようとして争った。満江は顔を赤くそめ、歯齦をむきだして激しく息づいていた。力は互角だった。由起がねじり倒しかけると、すぐに満江が勢いをもり返して逆に由起を押えつけようとした。

不意に満江の指が由起の頸を攻めてきた。由起は油断をつかれて狼狽した。敵の両手を払いのけようとするが先方も必死だった。指に全力をこめて締めつける。血管がふくれ上り耳が狂ったように鳴りだした。由起は口をあけて黝ずんだ舌をだした。苦しくて呼吸ができない。夢中でふり廻した手になにかが触れると、それをつかんで相手の背中につきたてた。

短い悲鳴が上った。満江は目をまるくして、驚いたような、信じられないような表情になった。ついで頸に喰い込んでいた指の力がゆるみ、ずるずると床にくずれてしまった。

5

しばらくの間テーブルによりかかったきりで、ぜいぜいと喉を鳴らしていた。ようやく呼吸がととのったのは三分あまり過ぎてからのことであった。同時に、やっと辺りを見廻すゆとりがでてきた。おそるおそる満江に目をやる。左側面を床につけて、体と手脚をおり曲げた恰好で倒れている。そっと名を呼び、ひざまずいて手をかけた。返事もしなければ動きもしない。開かれた目は、テーブルの一本の脚をまばたきもしないで見つめていた。

凶器はペーパーナイフであった。象牙色の柄の部分をのこして左の肩胛骨(けんこうこつ)の真下に深くつき刺さっている。夢中でやったことだから記憶はさだかでないが、これほどの力がでたとは自分でも意外だった。

かなり出血していた。床の上は勿論のこと、テーブルにのせてあるガラスのコップも盆も、水盤も、白い花も、赤い液体が飛び散っていた。手袋も血を吸って真赤だった。由起は洗面所へいくと、指紋を残さぬよう充分に注意を払いながら、手袋を洗い手を洗った。血は服にも付着しているのだろうが、乾いてしまえば気づかれる心配はない。

鏡を見ると、さすがに蒼白になっていた。見なれない他人の顔と対面しているような気がした。由起は気持をしずめようとして舌をだしたりアカンベエをしてみたり、ひとには見せられない百面相をやった。

気分が落着いたところで居間にとって返すと、バッグから婦人帽をとりだした。満江は外出から戻って間もなく殺されたという設定だから、それにふさわしいように、帽子は洋服だんすの扉をあけたところに何気なくおいた。つぎに目星をつけておいた臙脂色のツウピースをハンガーからはずして、帽子の横に投げ出した。後でゆっくりほこりを払って片づけよう、とでもいうふうに……。

由起のアリバイ計画を成立させるためには、満江が外出先から帰って殺されたのが四時より以前であっては都合がわるい。といって余り遅くしたのでは、死亡推定時刻との間にギャップを生じて逆に怪しまれてしまう。四時という数字がぎりぎりの線なのだった。由起は自分のハンカチを指に巻きつけておいて、屍体のわきに膝をつくと、満江のむっちりとした手頸から腕時計をはずした。そして針を四時三分に廻したのちテーブルに叩きつけてガラスをわった。時計は争う拍子にこわれた。したがって四時三分が兇行時刻だ……。そう思わせるのが狙いだった。平凡な偽装工作だが、ありふれたところに真実性があるのではないか。由起はそう考えていた。

つづいて机のなかや洋服だんすの小物入れを探して名刺入れを見つけると、一枚だけぬきだして、後はもとのとおりに戻しておいた。満江が住所を刷り込んだ名刺を持っていることは、以前から知っている。それを利用するのが最初からの計画であった。

床にかがんで死人の左手を持ち上げておき、名刺に親指と人さし指の指紋をつけた。この名刺は、あとで満江に化けて使用する予定になっている。警察がそこまで調べるかどうかは判らないけれど、もし調べられた場合、満江の名刺に当人の指紋がついていないことはいかにも不自然に見える筈であった。由起はそうした点も計算に入れていたのである。

由起はてきぱきと無駄なく行動した。この部屋の主人が外出から戻った直後の犯行であるように見せかけるには、服ばかりでなしに、靴やバッグにも意を用いなくてはならない。そこで洋服だんすを開けてバッグを取りだすと、なかをちょっと覗いてから、下駄箱の上にのせた。つぎに、その下駄箱のふたを開けて適当な靴を物色したが、結局、白革のサンダルを選んでタタキにおいた。由起の靴もまた白の中ヒールだったからだ。

これで一切の準備はととのったことになる。ワンピースとツウピース、中ヒールとサンダルの相違はあるにしても、服は臙脂色だし靴は白なのだ。加うるに体つきも年恰好もそう違わないから、由起を目撃した人間がこれを満江だと錯覚することは充分に期待できるのである。

時計を見るともう二時五十分になっていた。愚図々々してはいられない。由起は最後にコピイした一万円札を額縁ごとバッグに入れて、靴をはいた。タタキに立ったままでもう一度ふり返ると、忘れ物の有無を確めようとして素早い視線で部屋のなかを見廻す。ついでドアに耳をよせて外の様子をうかがった。コンクリートの階段だから、ひとが通ればはっきりと靴音がするのである。由起はさらに扉を細目にあけて、誰もいないのを見てとると、足音を忍ばせて通路にでた。

由起がほっとしたのは山手線にのって駅のフォームを離れたときだった。全身の腺(せん)からいっぺんに汗が吹きだしたように、体中がぐっしょりと濡れてきた。吊り革を持つ手に体重をあずけて、電車の振動に身をまかせながら由起は、新宿に着くまで半ば放心状態にあった。

彼女のその虚脱感は人を殺したという罪の意識からくるものではなく、これで梁瀬をとり返すことができたという安堵(あんど)のためだった。ぼんやりとしていながらも、額縁の入ったバッグだけはしっかりと抱きしめていた。

電車から降りた由起は、まず駅ビルで夏手袋を買った。満江の名刺に自分の指紋をつけるのは自殺行為に等しいからだ。

約束の時刻は三時半だったが、由起が着いたときは石坂美知子も金田カツも先に来ていた。ショーウインドウを覗いて、トルソーが着た大胆なカットの水着をあれこれ品定めしているところだった。

「早いじゃないの！」

二人の肩を同時に叩いて、ひときわはずんだ声をだした。ひとを殺してきた後の陰惨な翳りを悟られてしまったら大変だ。無理をしてでも明るく朗かに振舞わなくてはならない。

「ねえ、あなた聞いた？　庶務課の田中さんの奥さんが家出したんだって」

「お嬢ちゃんを置きざりにして恋人のところへ逃げたのよ。酷いじゃない？」

「相手は三つも年下の男性よ。ビール会社の宣伝部員なんですってさ――」

「違うわ。ウイスキイ会社よ。テレビのコマーシャルをつくっているひとだって話だわ」

二人は多分に金棒引き（かなぼうひ）の気がある。鼻の頭に小さな汗のつぶを浮かべ、早口でまくしたてた。由起はさも興味を感じたように目をかがやかせ、デパートの喫茶室でゆっくり聞かせて欲しいと巧みにもちかけた。

冷房の効いた店に入ると、地下二階までエスカレーターにのった。

「あら！」

途中までできたときに、由起は予定どおりに声を上げた。一段下になっていたカツが振り返って由起を仰いだ。

「どうしたの？」

「小学校時代のお友達よ」

「男？　女？」

「男の児よ、とても仲良しだったの」

視線は依然として斜め下にむけられたままである。カツも美知子も、日曜日の人出のなかから由起の見つめる相手を探しだすことはできなかった。

「人違いかもしれないけど、追い駆けてみるわ。先に冷たいもの飲んでて頂戴。わたしがおごるわ」

気もそぞろに言い捨てると、二人の返事も待たずに人混みをかきわけて離れていった。目ざす相手は階段を昇っていくという設定である。その姿を見失うまいとして由起も後を追って駆け上る。地下一階にでると化粧室にとび込んで、買ったばかりの手袋をはめ、バッグからとり出した帽子をかぶった。懐中鏡をのぞいて、ゆがんだ羽根の恰好をなおしておき、サングラスをかけふたたび売り場にもどった。喧騒な人出のなかで由起に注目するものは一人もいない。

店員に風体を印象づけるには客の少ない地味な売り場を狙うにかぎる。由起は、五階の夜具売り場に当りをつけておいた。まして季節は夏だから、いまはシーズンオフなのである。客の少ないのは当然なことであった。

エレベーターで五階に直行した彼女は、模様のちがう二枚の夏布団を手にとると、どちらを選ぶべきか決断に困った表情で店員に声をかけた。

「あたしが使うんだけど」

「それならやはりピンクのほうがお似合いじゃございませんか。ブルウは、たいてい殿方がお求めになりますが」

色の白い店員は愛想よく答えた。由起は金を払い、届けてくれるように頼んで、手袋をはめた指で満江の名刺をとりだした。

「ここなの。いつ配達して下さるかしら」

「今日中には無理でございますけど」

と、店員は名刺から顔を上げた。

「明日の午後には届きます」

「じゃお願いね」

話がすんだら長居は無用だ。由起はくるりと後ろを向くと足早やに売り場をはなれた。ついで六階の玩具売り場に上ると、帽子とサングラスをはずして以前の由起に還元する。美知子たちと別れてから十七分たってしまったが、二人はお喋りに夢中になっているだろうから案じることはない。由起はゆっくりとした足取りでエスカレーターのほうに向っていった。大きな歩幅に、完全殺人をなしとげた誇りと自信が秘められていた。

6

月曜日から出勤した。新学期がはじまって登校するときのような、いつになく新鮮な気持がする。由起は途中で店をあけている花屋を見つけると、山百合と夏菊をもとめ、机の一輪差しにいけた。余分に買ったリンドウは同室の女子社員にわけてやった。とにかく気分が爽快なのだ。笑うまいとしても、ひとりでに頬の筋肉がゆるんでにこにこしてしまう。

しかしなにも知らない同僚は、都合のいいことにその理由を誤解してくれたようである。

「いやだ、先刻から思い出し笑いばかりしてるじゃない」

「おひるのご飯をご馳走してもらわなくちゃ」

女たちも、釣り込まれたように声をたてて明るく笑った。

口実をつけて満江の部屋に入ると、それとなく彼女の机に目をやった。忘れて帰ったのだろうか、赤い軸の万年筆がころりと転がっているのが妙に印象的であった。

会社の帰りにスタンドで夕刊を買って開いてみたが、満江の死がどこにも報じられていないので、ちょっとがっかりした。デパートの配達員が夜具をとどけにいったのだから、早ければそのときに屍体が発見される筈なのである。

事件は七時のテレビニュースで報道された。発見者は予期したような配達員ではなく、おなじ建物に住む少年だった。手製の飛行機をとばしているうちにそれが満江の部屋の窓から室内に入ってしまい、返して貰おうとして訪ねたのがきっかけとなっていた。ブラウン管にはまずアパートの全景があらわれ、つづいて部屋の内部と本人の顔写真がでた。とっくりセーターを着たその写真はいかにも寒そうに、みじかい頸をいっそう短くちぢめていた。

由起が二人づれの刑事の訪問をうけたのは、その翌日のことだった。火曜日だから久し振りに梁瀬とデートを楽しもうと思い、うきうきした気持で化粧をなおしていると、同僚の女子事務員が鏡のなかを覗きこむようにして、刑事が来たことを伝えてくれたのだった。

アリバイはあるから平気だが、なぜ自分を訪ねて来るのだろうといぶかった。

「や、暑いですな。時間はとらせませんから、どこか人目のない部屋でお話しできんですか」

刑事は、テレビドラマで見る刑事そっくりの服装をしていた。二人とも半袖で肥ったほうが扇子を持ち、痩せたほうは手にパナマを持っていた。由起は課長の許可をもらうと、先に立って刑事たちを予備室につれ込んだ。以前は会議をする度に使ったが、いまではピンポン台がおいてある。

「じつはね、近くの喫茶店であなたと吉田満江さんが口論をしたという聞き込みがあったもんですからね」

「二人とも顔色を変えて争っていたそうではないですか」

刑事は両側から由起をはさんで詰問した。

しまった、と臍をかむ思いがした。声をセーブしていたつもりだったが、つい興奮のあまり怒鳴り合ってしまったに違いない。

「いやですわ、あんなつまらないことで変な目でみられるなんて……。わたし、アリバイがあるんですわよ」

「なるほど。聞かせて頂きましょう」

クーラーが効いているのに、肥った刑事は扇子をひろげると自分の顔に風をおくり始めた。由起は脂ぎったその顔に目をむけた。

「三時半から夜の八時まで、ずうっとお友達と一緒でしたの。ロードショウを見て、イタリア料理をたべて、それから——」

「いや、われわれの知りたいのは三時以前のアリバイですよ。というのは、被害者が殺されたのは三時前だからです」

「だって新聞を見ると、時計の針が四時のところで——」

「あれは犯人の擬装ですよ。犯人は事件が四時に発生したように見せかける必要があったんですな。例えば、偽アリバイをつくるためとか……」

「………」

なんと答えればよいのか解らなかった。

由起は喉がからからに乾いたような気がして、何度か唾を飲み込んだ。

「三時前のアリバイなんてありませんわ。少し早目に新宿にでて、ぶらぶらしてたんですもの。でも、なぜ犯行が三時前だなんていうのかしら。なぜ犯人の擬装だなんていう——」

刑事は途中で由起の発言をさえぎった。

「つまりね、こういうわけですよ。現場には水盤に花がいけてあって、花弁の上に被害者の血がとんでいた……。ところがですな、この花は未草といって、日本産の野生の水蓮なんですが——」

やせた刑事がその後をつづけた。

「つまりですな、なぜ未草というかというと、未の刻になると花びらを閉じてしまうからなのですよ。未の刻、言い替えれば午後の三時です」

「植物学者にも立ち会ってもらって実験してみたのですが、三時七、八分で花弁を閉じてしまいましたよ。もうお判りでしょうが、花弁の上に血がついていたことは、殺人が花弁の開いていた時分にあったことを意味しているのです。正確にいえば、三時七、八分よりも以前の凶行なのですよ」

「したがって、時計の針が四時で止っていたことは犯人の工作だということになるのです。すると、よろしいですか、デパートで布団を注文したのは偽物である。もっとはっきりいうと、それは犯人であるという結論が出るわけですな」

「被害者に似た、大柄で少し肥り気味の女性というと、あなた以外にはない」

刑事は交互にたたみかけてくる。だが、由起はなにも聞いていなかった。由起が考えていたのは赤く染った小さな花のことであった。水蓮に似た小さな花のことであった。

あんこう鍋

1

いつものことだが、ゴルフの日は夕食も風呂もすませてくる習慣になっている。ゴルフ場の食事はまずくてかなわないけれども、ひと汗ながした後のビールの味がこたえられないという。

その夜の塩見佐吉は、アルコール臭い呼吸をしていながら、妙に蒼い顔でもどって来た。

「今日のコースはどこだったの？」

「葉山だ」

「よかったわね。いい空気をたっぷり吸えたでしょう」

オーバーを受け取りながらそう愛想を言ったのに、にこりともしない。平素なら陽気に応じるはずの夫なのである。

「どうしたの？　顔色わるいわ。カゼでもひいたの？」

「いや」

佐吉はにべもなく首をふると、邪慳に靴をぬいだ。片方が床にひっくり返ったがそれをなおそうともしない。ゴルフで敗けたときはときどき不機嫌になることがある。

「ねえ、何かいやなことがあったの？」

「ああ。坐ってから話す」

乱暴なしぐさで妻を押しのけると、服をぬぎ、自分の手でハンガーにかけた。佐吉が手を洗っているあいだに、茂美は茶の間でお茶をいれる仕度をしていた。夫は番茶が好きだった。それもホウロクで煎りたての、香ばしいのでなくてはいけない。

「虎豆を煮ておいたわ」

どてらに衣更えた夫が入ってくると、茂美は故意にあかるい声で言った。甘い物の好きな夫の気持を少しでも引き立ててやりたかった。

たかがゴルフだ、敗けたってどうということもないだろうと思う。三十三歳にもなっているのに、一人息子として甘やかされて育ったせいだろうか、夫にはときたまこうした子供っぽい我儘な性格がのこされていた。佐吉は黙々として熱い番茶を啜っている。

「ねえ、どうしたのよ」

「困ったことが起きたんだ」

そう言ったきりで再び沈黙がつづいた。茂美は居ずまいをただした。どうやらゴルフに敗けたがための不機嫌ではないらしいのである。

「なにが困ったの？」

「お前もうすうす気づいていたと思うが、お前の車と、このマンションを買った金は、全部が全部おれのものではない。半分は会社から流用したのだ、無断でな」

「…………」

それは知っていた。六百万を越すその大金は、しかしあと二カ月もすると塩釜の義兄のところから返ってくることになっている。それを春の会計監査までにそっと戻しておけば、誰にも知られずにすむ筈であった。佐吉が川崎のある化学薬品会社の会計部長という地位にいるから、そうした操作ができたのである。

「そんなに心配することはないじゃないの。お兄さんは固いひとだし……」

「兄はああしたたちの男だから借り倒すというようなことはしない。だが今年はサンマが不漁だったからな、すぐ返してくれと言ったってそいつは無理だ」

夫に似て顔のまるいその義兄は、小さな漁船を二隻もっていた。その二隻とも、ほとんど収穫らしいものもなく塩釜に帰港した話は、茂美も聞いていた。

「だって会計監査は春じゃないの」

「そりゃそうさ。しかしあの件に気づいたやつがいる。そいつが沈黙の代金を払えと言いやがるんだよ」

「誰？」

思わず声がとがった。

「梅田（うめだ）だよ、会計士の……」

「今日、いっしょにゴルフした仲間じゃないの」

「ああ。ゴルフのあとで小料理屋によばれた。どんな話をするかと思っていたら恐喝をしやがった」

「……覚えているわ。小柄な、色のうす黒い男だったわね」

茂美は感情を殺した声になった。二年ほど前の秋、夫婦で新宿まで買い物にいったときにすれ違い、紹介されたのである。茂美は、ひたいのせまい、鼻ばかりがとがったその男の風貌をはっきりと思い出すことができた。

「恐喝というと、おかねを欲しいと言うのね？」

「ああ、それも一千万だ。三カ月の分割払いでいいとぬかしやがったよ」

「一千万？　そんな大金はないじゃないの」

「払わなければ重役の高見沢さんに密告するというんだな。梅田を会社の会計士として雇ってくれたのが高見沢さんだからね、恩返しのいいチャンスになるとさ」

夫の口調にはまるで他人の噂をしているような感じがあった。

「どうなさる気？」

「泣きついたって言うことをきくような男ではない。といって、背任横領で告訴されるのもいやだ。そうなると方法は一つしかない」

「だって、一千万という金額がそう簡単にできるわけはないでしょう、たとい月賦にしてもらっても……」

「誰がやつの恐喝に応じると言った？」

「じゃ、まさか……」

言いかけて口をとざした。夫は、その夜はじめて笑顔をみせた。笑いとはいうものの、それは苦笑に近かった。

「そうじゃない、そんなのじゃないんだ。おれが考えているのは私立探偵に依頼してあいつの尻尾をつかむことなのだよ。ああした小悪党だから、他にも強請られて泣いているものはいる筈だ。その事実をつきとめたら、今度はこっちが脅かす番さ。そうだな、金額は一千万、それも三カ月の分割払いでいいといってやろうか」

そのときの梅田のとまどった顔を想像すると茂美までが可笑しくなり、夫婦は視線を合わせると、どちらからともなく声をたてて笑い出した。それまでの沈潜していた茶の間の空気が、にわかに明るくなったような気がした。

「そうね、あなたの言うとおりだわ。叩けば埃の出る男ですもの、脅かし甲斐があるというもんだわ」

茂美は白い歯をみせて笑い、夫に煮豆をすすめた。チクロの有害説がとなえられて以来、佐吉は菓子屋の生菓子を敬遠してもっぱら自家製の甘味をたべることにしていたのである。

2

一週間という期限をきって私立探偵に調査をさせたが、これといった収穫がない。さらに二週間を投入して調べさせてみたけれども、結果はおなじことであった。私立探偵はかなりの実績を持つ男だから、調査が杜撰だったとは思えないのである。

「どうも梅田が強請っているのはおれだけらしいよ」

私立探偵からの領収書をテーブルに投げ出すと、佐吉はぼそりとした声で言った。

彼のまるい顔から、ここ数日間というもの笑いが消えていた。妻である茂美も同様である。茶の間の雰囲気は三週間前のあの夜とおなじように、重たく陰鬱であった。

ニュースを聞くとき以外はテレビを見ることすらない。

「こうなると最後の手段にうったえるほかはないな」

独語するように呟いた。茂美は耳ざとくそれを捕えた。

「どうするの?」

「いつかお前が言ったようにする」

「あたしが……?」

「そうさ。やつの息の根をとめるのだよ。それ以外に逃れる道はない。おれが横領罪でぶち込まれてみろ、このマンションも前途の希望も、一切がご破算になってしまう。おれは断じて自分の幸福をまもりぬくよ。どんなことをしても」

「あなただけに委せておかないわ。あたし達の幸福のためですもの、あたしも協力する」

茂美は憑かれたような目で夫を見つめると、その手の上に自分の手を重ねた。

「殺すのはたやすいことだが、おれの犯行であることが判ったのではまずい。殺人罪で逮捕されるくらいなら、むしろ横領罪でつかまったほうがましだからな。だから、絶対に疑われない方法を考えなくてはならない」

「そのことなんだけど……」

と、茂美が待っていたように言葉をはさんだ。

「こうしたことになるんじゃないかと思ったもんだから、いろいろと方法を考えていたの」

佐吉はびっくりしたように顔を上げた。

「家のなかに閉じこもっていると、つい一つのことを思いつめてしまうのよ」

「で、どんなことを考えたんだい」

「梅田を殺しても疑われないですむためには、二つの手段を併用しなくてはならないということだわ」

「ふむ」

「第一は、犯人を製造することよ」

「製造？」

「誰かに罪をかぶせることだわよ。梅田を憎んでいるようなひとを見つけて、そのひとの仕業にしてしまうのよ」

口調に熱がこもっている。佐吉は圧倒された思いで傾聴していた。

「第二は、アリバイを用意することだわね。梅田を殺したときに、あたし達がとおく離れたところにいれば、いくら疑ぐりぶかい警察だって指一本ふれることはできないわ」

「そりゃそうだが、そんなに旨いアリバイがあるのかい？」

素直に信じかねるように反問した。じつは数日来、彼もおなじアリバイ問題と執拗にとり組んでいたのである。往復の電車の中ではもちろんのこと、会社で執務しているときもそのことばかり考えていた。が、遂にこれはというような名案を思いつくことができなかったのだった。

「ひとりじゃ無理よ。あなたとあたしで協力してやるの。そうすればどちらにも完全無欠なアリバイが出来上る仕組みなのよ」

「……？」

「梅田が殺された時間に、あなたとあたしはべつべつに離れた場所にいるって寸法なの。例えばあなたは大宮にいてあたしは横浜にいる。梅田は東京の自分の家で殺されているってことにするのね」

「そいつは確かに名案だが、そんなことが実際にできるのかい？」

佐吉はまだ半信半疑のていだった。

「説明は後廻しにするわ。それよりも予備工作として考えておかなくてはならないことがあるのよ。あなたとあたしが同じ日に別行動をとっても不自然でないように、ちゃんとした理由を設定しておかなくてはいけないわ」

「じゃこんなのはどうだろうかな。再来週の十五日に民謡研究の仲間と忘年会をやる。水戸の先の大洗（おおあらい）に一泊することになっているんだ。あんこう鍋で一杯やりながら、磯節のおさらいをしようっていう趣旨なんだが……」

東北生まれの佐吉は渋い喉をもっている。そうした声自慢の同好者があつまって唄う会の、佐吉は有力なメンバーであった。

「チャンスだわ。梅田が殺されたときに大洗にいたことになれば、こんなはっきりしたアリバイはないもの。ただし、条件が一つあるの」

「なんだい？」

と、夫は怪訝（けげん）そうに訊いた。今夜は終始茂美のペースに捲き込まれている。鼻づらをつかんで引き廻されている感じだった。

「車でいくことよ」

「そのつもりだよ。十三人が三台の車に分乗することになっている」

「あなたも自分の車を運転していくのよ」

「え？」

「生きている梅田をそのトランクに押し込めて出かけるの。そして打ち合わせた時刻に旅館をぬけ出て駐車場へ行くと、こっそり車のトランクを開けて梅田を殺すのよ」

佐吉はまるい顔をうなずかせ、返事をするかわりにごくりと唾をのみ込んだ。

「それで、きみはどうするんだ」

「殺す時刻を仮りに九時ということにするわね。その頃あたしは熱海のお友達を訪ねてアリバイを造っておくわ。主人が留守で退屈だから夜のドライヴに出たっていう口実で、ふらりと立ち寄るの」

「そんな友人がいたのか」

「高校生時代のお友達でご主人と離婚なさったの。いまは会社の寮に住み込んでいるわ」

そう言われてみると、そんな話を聞かされた気がしてくる。

「そのあとであたしも大洗まで急行するの。もちろん、到着するのは真夜中ってことになるわね。あなたの車のそばにあたしの車をパークさせると、トランクのなかの屍体をあたしのトランクに移すのよ。そして夜明けまでに東京にもどって、屍体をどこか適当な場所に捨てるの。あたかもその場所で殺されたように見せかけるわけよ。そしてね、あなたが大洗を出発してまだ途中を走っている頃に、あたしが警察なり新聞社なりに電話するの、屍体が転がっていますよって。つまり、警察があなたを疑って、もしかすると大洗で殺したのではないかなって推理しても、旅館に泊っていたあなたには、東京へ戻って屍体を捨てるチャンスがないから、シロってことになるのよ」

「きみひとりで屍体をトランクに移し替えたり、捨てたりできるかな？」

「大丈夫よ、相手は小さな痩せた男じゃないの」

彼女は夫の心配を一笑にふした。事実、茂美は目鼻立ちが大きいばかりでなく、それに準じて体格も立派だった。女子高校生時代のことだが、レビューの男役になろうかと思ったくらいだという。小柄な梅田をかかえる程度のことは平気だろう。

「どう？　あたしのアリバイ計画は」

「こまかい点をもっと検討しなくちゃなるまいが、途中でヘマさえやらなければ成功しそうだな」

「そうよ、問題は交通事故をおこさないように慎重にやることだわ。パトカーに追いかけられるような真似をしたらアウトだもの」

「それに、いちばん気をつけなくてはならないのは大洗だね。殺すところを見られては一大事だし、きみが屍体を移しかえている姿を目撃されても大変だ」

「ですから暗いところに駐車させることだわね。旅館が決ったら、今度の日曜日に下見にいきましょうよ。あたし、そのときにあんこう鍋をたべたいわ」

茂美は自信ありげだった。まるでハイキングにでも行こうとするように、楽しそうな、はずんだ口吻だった。

このアリバイ工作は熱海と大洗というかなりの距離の上に成り立つものだから、それだけ交通事故の発生率も大きいとみなくてはならない。屍体をのせて東京へ帰る車が、途中で衝突事故でもおこしたならば、トランクのなかの屍体はたちまち露見してしまうのである。が、冒険のないところに成功もない、と佐吉は割り切って考えることにした。

切羽つまった危機から脱出するためには、命を賭けることもやむを得ないのである。

「茂美、メモと鉛筆を出してくれ。この計画を徹底的に検討しよう」

熱っぽい調子で彼は命じた。

3

はじめの話のとおり、十五日の夜九時に、大洗海岸の宿の近くでやることにした。佐吉の車だけ、なんとか口実をつけて駐車場には入れずに、少しはなれた木陰に停めることに決めた。あたりには街灯もないから、殺すときも屍体を移すときも、かなり大胆に振舞えるのである。梅田がちょっとやそっと叫んだところで、濤(なみ)の音がそれを消してくれる。

屍体を遺棄する場所は練馬区のはずれの林のなかということにした。すぐそばを舗装された道路がとおっているので、タイヤの痕がのこらない。

梅田をおびき出すのはわけないことだった。金を払うといえば来ないはずがないのである。だが、全額耳をそろえて払うということにすると、いかに欲のふかい梅田でもこれは訝(おか)しいと思い、用心をするだろう。だからできるだけ真実らしく見せかけるために、佐吉は彼を新宿の路地裏にある小さな呑み屋につれ込んで、三カ月の分割払いを四カ月にしてくれるよう拝み倒し、そのかわり四分の利子をつけるからということでようやく納得させた。

そして、罪を誰にかぶせるかという問題も、偶然のことから簡単に解決がついたのであった。

二階の小部屋で話をすませ、ふたりが階段をおりたところで靴をはいていたときに、少し離れたカウンターにもたれて独酌で呑んでいたわかい男がつと立ち上ると、血相をかえて梅田にくってかかって来た。

小さな梅田は敏捷でもあった。一旦はもつれ合って転がったが、素早く起き上るとかたわらの蝙蝠傘をさかさに持ち、握りの部分をふりおろして相手の頭に強烈な一撃を加えた。勝負はその瞬間についた。男は頭をかかえ、口汚く梅田をののしりながら走るように逃げていった。

「なんですか、いまの男は」

勘定をすませて店を出ると、早速そう訊ねてみた。梅田は酔った足をふみしめ、小さな顔に勝ちほこった微笑をうかべた。

「わたしにも二号がいるんですよ。この秋から大久保のアパートに囲ってあるんだが、もとはこの店で働いておったのです。ちょいと渋皮のむけた、あだっぽい女でね。いまの男は杉村良平(すぎむらりょうへい)といってそれの恋人だったんです」

「気の毒だな」

「なにが気の毒なもんですか。杉村は将来性のないヘボ絵描きだから、女のほうがとうに愛想をつかしていますよ。馬鹿だからそれが解らないんだな。女はね、わたしの世話になっているほうがずんと倖(しあわ)せだと、そういってるんです」

梅田は、トキを告げたちゃぼみたいに得意げな顔をしていた。かたわらに寄って酔漢をやりすごしながら、佐吉は、いまの蒼白い男を梅田殺しの犯人にしてやろうと心に決めた。

顔見知りの男に罪をかぶせることはなにか気がとがめるけれど、まるっきり関係のない人物ならさほど良心は痛まないからだ。いささかこじつけのロジックだったが、佐吉は本気でそう考えていた。

「そうだ、あなたの靴ベラを拾っておいたのですよ」

争った拍子にかるい音をたてて床に落ちた靴ベラを、佐吉はポケットから出してみせた。梅田はちょっと灯りにすかして見、すぐに首をふった。自分のではないというのである。

とすると、それは杉村良平というあの画家のものに違いなかった。いいものを拾ったぞ。佐吉は心のなかでほくほくしていた。梅田を殺し、その屍体のかたわらにこれを投げ出しておけば、当局は犯人が落したものとみなすに違いない。靴ベラの出所をたどっていくうちに、それが杉村の所持品であることをつきとめるのはそう難しい仕事ではないはずだった。

佐吉は、わずか五分ほどのあいだに、梅田殺しに動機をもつ男を発見したばかりでなく、彼を告発するに足る物証を手にすることができたのである。自分の幸運を、佐吉はひそかに祝福した。

さらに幸運だったのは、佐吉自身も梅田も、言い合わせたように革の手袋をはめていることだった。靴ベラに杉村の指紋はついているが、佐吉たちのものはない。安心してこれを現場に遺留することができるのである。

帰宅してそのことを話して聞かせると、茂美も声をはずませた。

「こんなに調子がよくいくことは滅多にないわ。ついているのよ。こういうときは何をやっても巧くいくもんだわ」

今夜の出来事に佐吉も気をよくしていた。まるい顔をにこにこさせながら煮豆をつまみ、焙(ほう)じた熱い茶をのんだ。

「ただ問題はそのひとのアリバイよ。梅田が殺された時刻に、その画家が新宿の呑み屋で酔いつぶれていたんでは話にならないわ」

「そうだな。どうしたらいいかな」

湯呑みをテーブルにおくと、佐吉も考え込んだ。

「じゃ、こうしたらどうかしら。新宿の呑み屋でお目にかかったものだが、死んだ親爺さんの肖像画をかいてくれないかって電話するのよ。農家のひとって矢鱈に祖先の肖像画を額にいれて鴨居にかけているじゃない。だから、練馬の農家だといえば本気にしてやって来るわよ。一時間ばかりあの辺をうろうろした揚句、狐につままれたみたいな顔で帰っていくわ」

後日、刑事から訊問をうけた場合に杉村が本当のことを喋っても、信用されるはずがない。弁解すればするほど、自分で自分の頸をしめるような結果になる。茂美はそう主張するのだった。

夫婦は、夜毎にひたいを合わせて枝葉末節にいたるまで検討をつづけた。殺人計画は菓子屋が根気よく餡をねるように、次第により完璧なものへと練り上げられていった。

4

十二月十五日、日曜日。午後の二時に渋谷の民謡教室前に集合、二時半に出発することになっている。大洗まで百四十キロあまりあり、ウィークデーなら三時間半で走れるコースであった。

佐吉夫婦は朝からおちつきを欠いていた。遺漏のない完全犯罪であることを確信してはいるものの、やはり一抹の不安をいだかぬわけにはいかない。早い話が胃袋がしめつけられるみたいで食欲もなく、朝食のトースト一枚を喰うのがやっとのことであった。

が、そうした不安な気分も入口のブザーが鳴ったとたんに嘘のようにけし飛んでしまった。日曜日に客が来るためしはない。いまのブザーは梅田光夫に違いなかった。四分の一を現金で払うからという口実で誘い出したのである。

ひたいの狭い、その小さなおでこに太いしわをよせた猿を思わせる顔つきの男だった。切れながの細い目が、ときおり探るように相手をみる。あらかじめテーブルにのせてあった札束を目にすると、疑ぐりぶかそうな彼の表情が一変してにこやかなものになった。

「無理をいってすまなかったですな。だがあんたには将来がある。交通事故の入院費だぐらいに考えてくよくよしないことですよ」

しゃあしゃあとした口調でそう言うと、かかえて来た鞄に札束をしまい込んだ。もうここまで追い込めば袋のネズミも同様である。逃がしはしない。しかし最後の瞬間まで油断をさせておき、素早く自由をうばうほうが無駄な争いをしないですむ。作戦どおり、夫婦はつとめて愛想よく、敵意を悟られまいとして応対した。

五分もすると、好きなはずのウィスキーを一杯呑んだきりで立ち去ろうとした。

「約束があるんですよ、例の女が待っているんでね。じつはこのネクタイもそいつが買ってくれたのです」

ブルウのタイを手でひらひらさせながら、相好(そうごう)をくずしてヤニさがっている。馬鹿野郎めが、思いきり鼻の下をのばしていやがる。腹のなかで舌打ちをしながら、佐吉は羨ましそうな表情をみせて話を合わせていた。

「奥さまにいいつけますわよ。梅田さんて案外不潔なかたですね」

「アハ、アハ、不潔は恐れいりました。しかしうちの女房は狸顔でしてね、こんな女につき合って一生をすり減らしていくなんてご免ですよ。その点、奥さんは器量よしでいいですなあ」

大口をあけて笑おうとしたとき、背後に廻った佐吉がふりかぶったサンドバッグを打ちおろし、梅田は一瞬きょとんとした表情をうかべたが、たちまちイスから崩れおちてしまった。

「死んだんじゃない？」

「大丈夫さ、ほれ、このとおり呼吸(いき)をしてる」

ひざまずいて様子をみていた夫は顔も上げずに答えた。兇器は砂をいれた手製の木綿袋であった。中身の砂はあとで海岸に捨てておけば証拠は消滅してしまうし、袋のほうは火をつけて焼却してしまえばいい。相手を気絶させるには恰好の武器なのである。

そろそろ十二時半になろうとしていた。夫婦は、今日にそなえて幾度となく練習しておいたとおりに動いた。用意しておいたロープを取り出して手脚をくくる。口にまるめた布切れをつめ、さらに手拭いでサルグツワをはめる。つぎに、押入れからむしろを引っぱり出してくると、梅田の体をつつんで縄でくくった。これだけにほぼ三十分を要した。

それがすむと前以(も)って用意しておいたドイツ唐檜(とうひ)の頂きの部分を切りおとして、

梅田の頭のところにさし込んだ。夫婦でこれを運び出しているところを見られた場合、知人にクリスマスツリーを届けてやるのだと誤魔化すことになっていた。クリスマスまであと十日ほどだから、この嘘には現実性がある。それに、茂美の部屋に鉢植えの唐檜がおいてあることは近所の細君連中が知っているのだ。夫婦の嘘を怪しむものはいないはずであった。

駐車してあるトランクを開け、梅田を積み込んだ。焼き魚を皿に盛るときのように、頭の位置、脚の方向を前もって決めてあった。万事をうす暗い場所でやるのだから、詰らぬ手違いをしないためにも、打ち合わせどおりにしなくてはならない。

「いいな？　頭は右手だ」

「仰向けになっているわね？　うつ伏せだと窒息しちゃうわよ」

「大丈夫だ。この結び目が目印なんだから」

みじかい会話を交して確認し合った。それから十分後に、服を衣更えた佐吉はこの車を運転して一泊旅行に出ていったのである。

「幸運をいのるわ」

「うむ。きみもしっかりやってくれ。とにかく落着いてやることだ」

ドアの内側で夫婦はかるく抱擁した。

あんこう鍋はあらかたからになっていた。

参加した十三人がそれぞれ磯節を歌ったあと、得意とする歌を披露するうちに、酔いが適度にまわってきた。今夜はここに泊るのだから、ハンドルを握る連中も安心して呑むことができるのである。

5

九時近くになった頃、たのんでおいた地元の芸者衆がやって来た。会員は男性ばかりだったので、座敷のなかはにわかに艶っぽくなり、平素は謹厳な仏壇屋の旦那までが目の色をかえた。先程から幾度となく時計をのぞいていた佐吉は、それをしおに箸をおいた。

「わたしは失礼しますよ。少し酔いをさましてくる」

よろよろと立ち上った佐吉のズボンを、隣の男がつかまえた。都の交通局に勤めており、つい先年まで銀座線の車掌をしていたのである。

「まあも少し坐っておいでなさいよ。本場の磯節を聞けば勉強になる」

「わたしはそうじゃない。本場物を聞くと自信がなくなるのです。それが困る」

振り切って座敷を出た。千鳥足で歩いてみせ、酔ったことを大袈裟に表現した。下駄をはいて庭をぬける。セーヴして呑んだから大して酔ってはいないが、それでも海をわたってくる風はほてった頬にひどく冷たく感じられた。佐吉は酔いをさますふうをよそおって十分ばかりたたずんだのち、人気のないのを見はからってついと裏木戸を出た。

車の前までくると、あらためて闇をすかして周囲の様子をうかがった。耳をすませてみたが、靴音らしきものも聞えない。佐吉は安心して車の背後にまわり、鍵をさし込んでからトランクを開けた。ポケットから小型の懐中電灯をとり出し、そっとスイッチを入れる。ガーゼでくるんであるから光は弱い。が、それだけに通行人の目にとまる危険もないのだ。

手早くナイフで結び目を切断して、むしろをひろげた。梅田の顔を照らしてみるとさすがに生色（せいしょく）を失ってがっくりとなっているが、瞼（まぶた）はかすかに痙攣（けいれん）していた。九時というのが殺人の時刻なのだから、ともかく生きていてくれなくては困るのである。

梅田は練馬の林のなかで殺されたように見せなくてはならない。そのためには、屍体を遺棄する前に手脚を縛ったロープをほどき、サルグツワもはずしておく必要があった。少しでも茂美の手間をはぶいてやろう。佐吉はそう考えて、縄をとくのは彼の役目ということにしていたのである。

計画では梅田を扼殺したのち、手脚を自由にすることになっていた。しかし、梅田がぐったりとなって気息奄々とした状態にあるのを見て、気を許したのがいけなかった。ついうっかりと先に手と脚の縄をほどき、その後でおもむろに絞めようとしたのである。

梅田の喉頸にさしのばされた両手が、はげしい勢いではねのけられた。息も絶えだえのように見せかけたのは、梅田の偽装にすぎなかったのだ。たちまち闘争がはじまった。梅田は殺人者に武者ぶりつくと同時に、脚で車の床を叩いて人びとの注意をひこうとした。どちらも必死だった。

だが、非力な小男である上に、せまいトランクのなかに寝かされていた梅田のほうが不利であることは当然だった。一分たったかたたないうちに、梅田の反撃は終った。まず、それまで床を叩いていた音が急に止んだと思うと、佐吉の両手のなかに梅田の体重がぐっとかかってきた。

そのままの状態でなおも絞めつづけていた佐吉は、やがて手を放し、ぜいぜいと喉を鳴らしながら大きく呼吸をした。ついで懐中電灯の光をあててみたが、梅田は鼻血をながしくろずんだ舌を出して完全にことぎれていた。はっとした佐吉は上衣の袖でひたいに滲み出た脂汗をふいた。

　トランクのふたを閉じ、施錠しておいてから、ふたたび庭をとおって宿にもどった。そして髪の乱れをつくろおうと思って洗面所に入ったとたんに、佐吉は、鏡をのぞいて色を失った。水色のネクタイの三分の一ほどがべっとりと血に染っているではないか。

　佐吉自身はかすり傷一つ負っていない。とするならば、これは梅田の鼻血に違いなかった。被害者の血がネクタイに付着していたとなると、言い逃れはできない。いまのうちに処分するなり、手早くどこかに隠しておいて、帰宅してから焼き捨てる他に方法はないのだ。だが、それはよいとして、困るのはネクタイなしでは座敷にもどれないことであった。ボタン一個がとれたぐらいならば隠しおおせるけれども、ネクタイでは誤魔化しようがないのである。

　佐吉はうつろな目を大きく見開いて、鏡の前に呆然とつっ立っていた。彼の耳には、芸者が唄っている磯節の声も、威圧するように鳴っている潮騒の音も聞えなかった。

梅田の扼殺屍体はあくる月曜日の正午前に、地主である近所の植木屋によって発見された。女の声で電話がかかり、お前の林のなかに変死体があると知らせてきたので、おっかなびっくり覗きにいって、あやうく屍体を踏みつけそうになったのだという。それは佐吉たちの一行が、東京へ向けて車をつらね水戸を通過していた頃のことであった。

6

事件は夜のテレビニュースで報道され、会社から帰宅した佐吉はどてらに衣更えてそれを見た。屍体の上半身が裸にされていることが好奇心をひいたらしく、夕刊のなかには同性愛が動機ではないかという説を立てているものもあった。

昨夜の彼は、血で汚れた自分のネクタイをポケットに入れると、梅田のネクタイをしめて宿に戻ったのであった。彼のはブルウで自分のは水色だ、同系色だから気づくものはいない。だが、ネクタイを奪っただけでは気づかれる恐れがある。そこで、上衣やシャツまで剝(は)いで裸にしたのだった。けれど、まさか同性愛説が唱えられるとは思ってもみなかった。

幸運にめぐまれて茂美もぶじに大任を果たしている。ふたりとも完全犯罪の自信があったから、テレビや夕刊を見てもべつにどうということもなかった。むしろ、夕食がいつになく旨かったくらいである。呑めない茂美も自分から呑みたいと言い出し、台所からとってきた盃で酒をのむと頬を桜色にそめた。

「せいせいしたね。恐喝ってのはもっとも卑劣な犯罪だからな、同情の念なんてこれっぱかしも湧かない」

「奥さんだって生命保険がとれるでしょうし、さっぱりしたと思ってるわよ。大久保のアパートにいるとかいう二号さんだって、あんなしなびたお猿さんみたいな旦那に満足しているわけがないもの、解放感にひたっているんじゃないかしら」

「ま、八方めでたしというわけだが、あのヘッポコ画家の卵がちょっと気の毒だね」

「そりゃ仕方がないわよ。医学の発展のためにはモルモットが犠牲になるのと同じことだもの。それに、芸術家を志すぐらいのひとはもっと理想を高くもつべきだと思うわ。杉村クンはなによ、場末の呑み屋の女に熱をあげるなんて、あんな心構えじゃ大芸術家なんかになれるわけがないわ。才能のないことに気がついて挫折感を味わうよりも、いまのうちに死刑になったほうが当人のために幸福なのよ」

「そいつは少し酷だね」

　佐吉はまるい顔にしわをよせて苦笑した。

「しかし、上半身の着衣をはいだ真相については誰にも解るまいね？」

「解るもんですか。同性愛じゃないかって勘ぐったのが関の山だわよ、この夕刊みたいに。新聞記者ってこの程度のあたましかないのよ」

　茂美はグレープフルーツを取り上げると、皿の上で二つに割った。

「でもね、トランクを開けたら屍体の胸がむきだしになっているでしょう、あれにはびっくりしたわ。計画にない出来事ですもの」

「いや、悪かったよ、ご免。連絡をとりたくてもそれは出来ないしさ、布団のなかに入ってもなかなか寝つけなかった。きみが下手な真似をしたらどうなるかと思うと、心配でね。しかし、咄嗟の場合にあれだけの知恵がでたのは、われながら天っ晴れだと考えているんだぜ」

　さしだされた果物をスプーンですくいながら、佐吉は目尻をさげて自賛した。

　テレビも新聞も、練馬の現場に靴ベラが落ちていたことにはまだ触れていない。が、いずれは発見され、当局の追及が杉村良平にのびることは間違いなかった。夫婦はマンションのスプリングの利いたイスに坐って、それを待っていればよかったのである。

あいだをおいた二日目の火曜日に、川崎の会社に刑事が訪ねて来た。テレビドラマで見たとおりふたり連れで、そのうちのひとりは陽焼けした顔の長身の男であり、もうひとりは佐吉に似てずんぐりとした丸顔だった。刑事のくせに色が白く、ふやけたように肥っている。

佐吉は接客用の部屋で面会した。刑事と話をするのにふさわしい、飾りつけもなければ日光もささない北向きの予備室だった。

「練馬で殺された梅田光夫というひとをご存知でしょうな」

「知ってますよ。会社の会計をお願いしてありますから、寄るとさわると梅田さんの噂が出ます。気の毒なことをしましたが、犯人の目星はどうですか、まだつきませんか」

佐吉は平静だった。冷静でありすぎたために、かえって余計なお喋りをしすぎたように思った。

「個人的にも親しいのですか」

「一緒にゴルフをやったり、呑み屋にいったこともありますな。そう、殺された当日ですか。わたしのマンションを訪ねてみえましたよ」

一瞬、刑事は目くばせをした。

「奥さんも、奥さんというのは未亡人になった梅田さんの夫人のことですが、このひともそうおっしゃっているのですよ。あなたを訪問するといって出かけたのだそうです」

「そりゃそうですよ。しかし本当の狙いはべつにあります」

「え？」

「奥さんに内緒である女性を囲っていたのですよ。ですから、わたしを訪ねるといったのは一種の陽動作戦です。とりとめのない雑談をして、そう、あれでも十五分ぐらい喋りましたかな」

「変った様子はなかったですか」

「べつに。ただ、非常にそわそわしていました」

刑事が訊込みにくることは予想している。そしてそれに対する返事も充分に計算ずみであった。この刑事がマンションに立ち廻って茂美から話を聞いたとしても、おなじ答しか得られぬはずである。

「その女というのをご存知ですか」

「いえ。大久保のアパートに住まわせているとまで聞いただけで、名前は知りません」

残念そうな顔つきで刑事は視線を合わせた。

「しかし判らないというわけではありませんよ。新宿の呑み屋で女中をしていたそうですから、そこへお出でになれば名前や住所ぐらいはっきりするのじゃないでしょうか」

呑み屋の名は覚えていない、だが場所は記憶しているから……。そう言ってメモに略図を書いてわたした。刑事たちが呑み屋を訪ねる。すると女中や調理師はこのあいだの喧嘩のことや、その原因となったことを洗いざらい喋るだろう。こうして杉村良平の疑惑は側面からあおりたてられていくのである。

帰りぎわに事件当夜のアリバイを訊かれ、佐吉は胸をはるようにして大洗に一泊したことを答えた。この刑事たちの話しぶりからも、当局があの林のなかを現場だと信じ込んでいることがよく判るのだった。

屍体を車で運搬したことに気づかぬ限り、大洗にいた佐吉も、熱海の友人宅にいた茂美にも、ゆるがぬアリバイがあるのだ。いや、一歩ゆずって仮りに妙な目で見られ、車で屍体移動したのではないかと勘ぐられたとしても、その屍体は彼が水戸市内を走っていた頃すでに発見されているのだから、佐吉が捨てられるはずもない。

疑惑はたちどころに霽(は)れてしまうことになっていた。もちろん、地主に電話をかけたのは茂美なのだ。

車は茂美も持っている。したがって彼女が疑われた場合の対策も考えておかねばならない。ところが茂美は、苦もなく一つの解決法を案出して、夫を驚嘆させていたのであった。話を聞いてみると大したことではないが、当意即妙に名案を思いつく妻の才覚に、ほとほと感服させられたのである。

茂美の解決策というのは他でもない、熱海へ行くときに東京にいるもう一人の友人を誘って同行させることだった。つかず離れず終始一緒にいれば、九時という犯行時刻におけるアリバイもあることになるし、口実をもうけて何度となくトランクを開ければ、そこに屍体が入っていないことも明らかになる。いざという場合にはこの友人を有力な証人として利用する算段にしていた。

刑事が帰っていってからも、佐吉はしばらくその部屋に坐って満足そうな笑みをうかべていた。どこから突いてこようが、ふたりのアリバイはびくともしない。考えてみるとこうして秘めておくのがもったいないような気にもなるのだ。刑事に見せびらかして、歯噛(はが)みして口惜しがる彼等の前でにやにや笑ってやりたいような誘惑にもかられるのだった。

帰宅してから今日のいきさつを話してやると、マンションのほうにもべつの刑事が訪ねて来ていた。茂美が自分で焼いたアップルパイに紅茶を馳走すると、旨そうにたべて退散したという。

「二号さんを囲うなんて不潔なひとねって批難したら梅田がアハアハ笑っていたでしょ。その話をして聞かせたら、刑事もアハアハと笑っていたわよ」

茂美は愉快そうに明るい調子で言い、刑事に振舞ったというアップルパイを夫にもすすめた。

だが、夫婦が勝利感に酔い痴れていたのは犯行後の十二日間にしかすぎなかった。それは、十三日目に訪ねてきた客によってもろくも崩れ去ってしまったのである。

7

「田中太郎？」

受付からの電話をうけた佐吉は、まるい顔一面に不審そうな表情をひろげた。記憶にない名前である。それに、いかにも変名でございといった名前でもあった。化学薬品会社という地味な会社のなかでも、経理部はことに地味な部門であった。外部から客が来ることも滅多にないのである。

誰だろう？　と小首をかしげた。本名を名乗らぬからには後ろ暗いやつに相違なく、佐吉の場合そんな男に突つかれるとすれば、それは例の一件に決っていた。

「予備室にとおしなさい」

そう命じたのは、こわいもの見たさの心理が多分に働いたからであった。このまま追い帰すのは簡単だが、相手がそうあっさりと諦めるわけもないだろうし、話を聞かないというのも心残りがする。

故意に五分ほど待たせておいてから、席をはなれた。北向きのその部屋には、入口に背をむけて中年の男が立っていた。脂気のない髪を無造作にオールバックにし、くずれた背広はいかにもフケでも飛んでいそうだった。ズボンの筋は消えているし、靴はかかとがすり減っている。佐吉が入って来たのは判っているくせに、田中太郎は振り返らなかった。それが彼の図太さをあらわしているようであった。

「どんな用件でしょうか。わたしも忙しいのだが」

そう声をかけると、彼ははじめてこっちを向き、人を喰った様子でテーブルについた。くすぶったような顔色で頬骨がとび出ている。いやしそうな目つきをしているが、話をしているあいだに、ときどき刺すような鋭さで佐吉を見つめることがあった。

「そう慌てることもないでしょう。自己紹介がおくれたが、あたしはこういう者ですよ。ゴロツキ記者が来たということを受付嬢なんかに知られないほうがあんたの身のためだと思ってね、田中なんて名を使ったんだが」

「それはご親切に」

と、佐吉も負けずに言い返した。

「で、用件は？」

「解ってるじゃないですか、とぼけるのもいい加減にして貰いたい」

「とぼける？　何のことだ」

佐吉は喧嘩腰になった。腕力ならたいていの男にひけをとらない。しかもこの男はどこか栄養不良みたいなひ弱いところがあった。いざとなれば抓み出してやろうと思っている。

「練馬の林のなかで発見された会計士のことですよ。警察の発表を聞いているうちに、いろいろと推理を働かせてみると、犯人はあんた以外にはないってことになった。あたしの頭のなかにはね、コンピューターもかなわないような推理器械がつまっているんです」

「狂ったコンピューターでは仕様がないな。ぼくにはアリバイがあるんだよ、水戸の先の大洗に一泊していたんだ」

「知ってますよ、荒磯という日本旅館に泊ってあんこう鍋を喰ったと言いたいんでしょう。そのくらいのこと調べた上でなくては、ひと様を強請るなんてことはできないんだ。ね、あんた、強請屋ってものは資本なしで大金をしぼり取ってるように見られがちだが、どんな商売をやっても苦労はつきものでね、あたしだってそれ相応の苦心はしているんだよ」

「自慢話はそれくらいでいい。先を聞こう」

虚勢ではなかった。腕力の自信がそう言わせるのである。

「あの会計士は上半身が裸になっている。あたしはこの意味をとことんまで追及したね。どこかのボケナス記者は同性愛だろうなんていってるが、梅田にはちゃんとした二号がいるんだからその気はない。すると、なぜ上衣やシャツを剝ぎとったんだろうか、とね」

佐吉が呑み込めるようにという配慮からだろうか、貧相な男はゆっくりとした口調になった。

「着衣を剝いだ理由は四つあるね。第一は衣服そのものが豪奢な場合だが、あの男の服はミンクのコートじゃないんだからね、盗んで叩き売ったって一文にもならない」

「…………」

「第二は身許をかくすのが目的の場合だ。屍体の氏名が判らなければそれだけ捜査がおくれるからね。だがズボンにも持っていた鞄にもちゃんと名前が書いてあるんだから、これも違う」

「…………」

「第三は、あんたが怪我をして、その血が被害者の上衣に付着した場合だな。そうなると犯人としては否定できぬ証拠をのこすことになるから、何がなんでも血がついた衣服は剝ぎとって逃げなくてはならん」

次第に佐吉は追いつめられた気がしてきた。みずからゴロツキ記者と称するこの男を、最初のうちは馬鹿にして見くびっていたのだが、論理的にじわじわと攻めてくるところをみると、意外に頭はよさそうであった。

「なんといっても、被害者を最後に見たというあんたが怪しいからね、あんたを徹底的にマークしたんだよ。大洗の宿屋にもいったし、一緒に泊ったグループのおっさん連中にも会ってみた。その結果、朝風呂に入ったあんたの体がむきたての茹で卵みたいにつるりとしていて、傷跡一つないことが解ったよ。すると、この第三の可能性も捨てなくてはならん」

テーブルの上においた握りこぶしが小刻みにふるえていた。ときどき男はそれに目をなげ、嘲笑するように黄色い歯をみせた。佐吉が怒りのあまりそうなっているのを、恐怖のためと誤解しているのだ。

「第四は、第三の場合の逆ですな。あんたの血が被害者の上衣についたのではなくて、被害者の血が犯人の服についたというケースだ」

言葉を切り、反応をうかがうような目で佐吉を見た。

「黙ってないで先をつづけろよ」

「なるほど、梅田は鼻血を出した痕跡がある。だから該当するのはこのケースだ。そう考えたね」

「…………」

「あんたの上衣もシャツも血でよごれた。そこでそれをカバーするために、梅田の上衣とシャツを剝ぎとる。あたしはそう考えてみた。ところがあんたの様子を見るとなかなかいい体格をしている。小粒な梅田の上衣を剝いだところで着るわけにはいかないよね。これはシャツについても同じことが言える」

「………」

「だからといって諦めるのは早いな。デブでもチビでもノッポでも、誰にでも寸法の合うものがただ一つだけある。あんたも知ってるとおり、ネクタイだよな」

図星だ。佐吉はふるえる拳(こぶし)をそっとテーブルの下に引っ込ませた。

「あんたのネクタイが会計士の鼻血で赤くそまったんだ。頸っ玉に真赤なネクタイをぶらさげて歩けば手前(てめえ)が犯人だと宣伝してるみたいだ。梅田のネクタイととり替えようと思った気持はようく解るよ」

「………」

「しかし、この推理が当っているかどうかは、あんたのネクタイと会計士のネクタイが似た色でなくちゃいけねえ。黄色いネクタイで出ていったあんたが、戻ったときにゃ黒いネクタイをしていたというんじゃ怪しまれるからね。そこで民謡の仲間と被害者の細君に訊いてみたんだが、あたしの思ったとおりだったよ、どっちも水色でね」

「………」

「屍体のネクタイが紛失していれば怪しまれる。だから血に染ったあんたのネクタイを梅田の頸に捲きつけておけばいいわけだが、警察は騙(だま)せても梅田の細君の目をくらますことは難しい。女ってやつは亭主のネクタイの色や模様をよく覚えていやがるもんだからね、ネクタイが変っていることにすぐ気づくに違いない」

「だからどうしたっていうんだ！」

かすれた声になった。

「だからいっそのこと、ネクタイを取ったままにしたんだ。だが、これじゃあんたの目的が見ぬかれてしまう。だから思い切って上衣も剝げばシャツも剝ぐ、上半身一切合財を剝ぎとって処分しちまったのよ」

「…………」

「あんたの狙いどおり、ボンクラ刑事どもは五里霧中の有様だ。旨くいったよ、大成功だ。そう思って奥さんと祝盃を上げたんじゃないのかい」

「黙れ。余計なことを言うな！」

「怒っちゃいけない」

男はまた黄色い歯をみせ、せせら笑った。

「さて、これからが取引きだが、ずばりいって三千万円もらいたい。あのマンションの権利を売れば、そのくらいの金額はひねり出せるだろう」

「…………」

「いやならいいよ、警察に告げるだけだから。しかしよく考えてみな、あたしが一切をぶちまければあんた縛り頸だよ。可愛い奥さんとも別れなくちゃならない。そこんとこをようく考えてから返事をしたほうがいいんじゃないのかい？」

イスの背にもたれ、うす笑いをうかべながらうそぶいていた。

佐吉は必死になって自制していた。が、その自制も限界にきた。頭に血がのぼって何がなんだか解らなくなったとき、佐吉はイスを蹴って飛びかかっていた。

首

1

「日本推理作家協会からでている『推理小説研究』という雑誌ですがね」

わかい編集者が話しかけた。針金のような固い髪をした顔色のいい青年で、雑誌記者という仕事が楽しくてたまらぬように見えた。

「あの〝アイディアやヒントをどこから得るか〟という設問は面白かったです。ハガキのみじかい返事のなかに、作家それぞれの個性があらわれていて……」

「そうかね」

と、中年の作家が応じた。どことい って特徴のない、平均的な日本人という顔つきの男だ。

「山田風太郎（やまだふうたろう）さんと土屋隆夫（つちやたかお）さんが、期せずして『締切りにせっつかれなくてはアイディアなんぞうかばん』と答えているのは解るような気がしますね」

「そうかね」

推理作家はものぐさに相槌をうった。しきりに爪の垢をほじくっている。

「鮎川さんの返答は変ってました。『ひたすら机に向って頭をしぼりつづける、ヒントやアイディアに頼るようではおれもおしまいだ』と言っているんですから」

「ミもフタもないというのはああした言い方だな。要するにツムジ曲りなんだよ、あの男は」

指の動きを止めた推理作家は、鎌首をもち上げて編集者を見つめた。

「ぼくをして言わしめればだな、机は原稿をかくためのもので、考えるためにあるのではない。考えなくとも、ヒントは独りでにうかんでくるのだ。めしを喰ってるときでも、テレビを見ているときでも、きみとこうして話をしているときでもだ。森羅万象のすべてがアイディアの宝庫だよ」

才能が違うんだ、とでも言いたげだった。

「早い話がさ、先頃のM紙にのっていた『北アルプスのミステリー』だ。ぼくはあの記事からたちまちひとつのストーリイを組みたてたね。頭をひねる必要なんてちっともありゃせん」

「うちでとってる新聞にはそんな記事はでていませんでしたが、どんな話です？」

「Y紙よりもM紙のほうがずっとくわしく報道されているんで、もっぱらM紙の受け売りをやることにするがね、六月の初めに北アルプスを縦走した登山者が高瀬川のほとりで休息したときのことなのだ、ふと川底をのぞくと、そこに屍体の沈んでいるのを発見したというんだな」

「へえ……」

「ふたりの同行者は気味わるがって近づこうともしないので、そのわかい会社員が勇をふるって水際に立つと、カラーフィルムで一枚とっておいた。東京に帰ってから現像させたやつをと見こう見したところ、ますます屍体のように思えてならない。川の水深は十センチほど、水底は白砂で、すきとおった青い水をとおして、全裸の小柄な屍体らしきものがひざをおり曲げて沈んでいた、と書いてあるんだがね」

「美人ですか」

と、編集者はひと膝のりだしていった。

「性別は判らん。うつ伏せになっているんだから」

「あお向けになっていたらよかったのに、惜しいことをしたな」

「いや、上を向いていたとしても美人なのかどうなのかは判らんのさ。首がないのだよ」

「へえ。こりゃまた残酷なことをするやつがいるものですね。こういう荒っぽいことをやったとすると、犯人は男だな」

「そう一概には言えんだろう。荒川のバラバラ事件では被害者が男で、首を切ったのは妻のほうだったからね。きみも結婚したら奥さんに寝首をかかれんように気をつけることだ」

「はあ、せいぜい注意をします。ところで検証の結果はどうなったんですか」

と、青年はさらに身をのり出してきた。

「まあ待ちたまえ。記事によるとだな、すでに腐乱が始まっているのか屍体の周囲の砂が黄ばんでいたが、遭難者によく見られるような体の傷もなければ、遺品もない。写真をみた築地署の刑事のあいだでは確かに屍体だ、それも腹部が腐乱していないところからみて、かなり新しいもののようだと言われているが、警視庁の捜査一課ではもう少し慎重でね、屍体のようにも見えるが木の幹かもしれない、とにかく現地で確認してもらうほかはないというんだな。そこで即日その写真を大町署へ送った」

「ちょっと。下を向いているのに腹が腐っているかいないかが判るんですか」

「腹といっても側面のことだろう。大町というとこは知ってるね？」

「ええ、ぼくも学生時代には三度ばかり北アルプスに登ったことがありますから。大町駅の手前の鉄橋の下を、その高瀬川の下流がながれていますよ」

「そうかい、ぼくはまだ行ったことがない。ところで翌日の朝刊をみると、連絡をうけた大町署と北アルプス北部対策協会から捜索隊をくりだして現地一帯をさがしたんだが、発見できなかったとしてある。十日から三日間降りつづいた大雨で川の形がかわってしまったほどなのだ、下流にながされてしまったのだろうという」

「残念だな。屍体が紛失したとなると、いよいよミステリーじみてきますね。あの辺りで行方不明者はでていないのですか」

「撮影した六月七日以前、高瀬川流域では遭難者もなければ家出人の届けもない。登山者同士の喧嘩沙汰など、屍体にむすびつく事件は発生していないというわけで、大町署もとまどってるそうだ」

「なるほどね。するとやはり木の切り株かなにかかな」

「ところがそれから六日目の今朝の新聞にいちおうの解決編がでているんだ。それによると」

気をもたせるように言葉を切って、推理作家はまた爪をほじくりはじめた。

「じらさないで下さいよ。で、なんて書いてあったんです？」

「人間の屍体でもなければ木の幹でもない。オスの猿の屍だというのさ」

「猿ねえ……。山国だから肯けぬこともないですが、ちょっと意外でしたねえ」

「野猿公苑の苑長が写真をみて鑑定したのだそうだ。六項目にわたる指摘がのっているんだけど、専門家ともなると目のつけどころが違うな。しかしこれを推理小説に仕立てる場合は、猿や木の幹では話にならない。どうしても人間の屍体でないとね。それも、きみみたいな読者のいることを考えにいれて、被害者は妙齢の女性にする」

「それはどうも」

「犯人は外科病院の副院長でね。女はかつてそこで働いていた看護婦だ」

「副院長というとおじいさんですね？」

と、編集者は少し不服そうに口をとがらせた。

「いや、前の細君と協議離婚をした三十五歳の独身男だ。医大の先輩と共同経営をしているんだが、腕がいいのと場所がいいのと、加えて救急指定病院であることが患者の信用をはくして、非常に繁昌しているという設定だな。近頃、さる実業家のお嬢さんとのあいだに縁談が成立している。先方は国立大学で心理学を専攻した才媛なのだが、すこぶる美人でもある。もっとも、この女は小説のなかに登場せんことになってるがね」

「そいつは惜しいなあ。すると実業家の令嬢に目がくらんだ副院長が、邪魔になった看護婦を殺すという筋ですか」

「ぼくはそんな月並みなプロットは考えないよ」

あわれむような目つきで編集者をみた。

「この外科医は酒が好きでね。品行はいいしタバコは吸わんし、きみよりも好男子だし、言うところはないのだが、酒に目のないのが唯一の欠点なんだな。で、その晩も訪ねてきた友人と病院の自室でウィスキーをあけていた。そこに急患が担ぎ込まれたものだからすぐ手術にかかったのだけれど、手遅れだったのか、患者は死んでしまったのだね。このときの宿直看護婦で手術に立ち会ったのが高倉キヌ。これがつかんだチャンスは絶対にのがさないというがっちりした女でね、手術が失敗したのは酔っていたせいだとして、沈黙料として月々二十万円を払うよう要求してきたのだ」

「二十万円！」

「なに、外科医の収入はわれわれと桁違いだ。この男にしたって三十五歳の若さで、伊豆の北川にちょっとした別荘を持っているくらいだから、公にされることを考えれば安いもんだ。そこで要求に応じてきちんきちんと払っていたんだが、それから半年ばかりすぎた頃、この女がとんでもないことを言い出した。いまの縁談をことわって自分を貰ってくれ、というんだよ」

「で、美人なんですか」

「きみ、そうそう世間に美人はおらん。彼女もまあ可もなし不可もなしというところなんだ。しかしね、われわれは小説のなかでオカメだのオカチメンコだのと勝手なことを書いてるけど、おれ達が間違って女に生まれたとしたら、まずわれわれ仲間の大半は貰い手がなかったろうと思うんだな。今朝ヒゲを剃るときに鏡をみて、つくづくそう考えたものだよ」

いつになく弱気なことを言うと、この推理作家はことわりもなしに相手のタバコの袋をとり、ピースをぬいてくわえた。

2

逃れる道はひとつしかないことを悟ったときに、木原の胸中に殺意が生まれ、それは日がたつにつれて煮つまっていった。

ひそかに案じたのは、キヌを殺したあとで良心に責められるのではないかということであった。せっかく苦心して目的をとげたものの、日夜を問わず呵責になやんで精も根もつき果て、とどのつまりは自首するとか自殺する羽目に陥るならば、初めから殺人などという大それたことは止めにして、キヌの要求に屈服するほかはないのである。

まず、おれなら大丈夫だろう。木原はそう判断をくだした。元来が外科医は医者のなかでも胆のすわったものでなくてはつとまらない。手術のあとの手を洗うと、平然としてサンドイッチをむしゃむしゃと喰うくらいの度胸が必要とされているのである。

外科医である以上、神経のふといことにかけては自信があった。色白の眉のひいでた、みるからに坊ちゃん然とした容貌のわりには、しんの強い男なのだった。

それからの木原茂は、自宅にくつろいでいるときばかりでなく、病院で小憩しているときでも、しきりにキヌ殺しの計画を練りつづけた。

いつ、どこで、いかにして殺すかという問題は容易に解決がついたものの、いくら知恵をしぼっても解答がでてこないのはアリバイ工作のことであった。万一自分に嫌疑がかけられた場合にそなえて、それを一言のもとに否定できるような強固なアリバイが欲しかった。

酒を絶つと頭がさえるかもしれぬ。木原はそう考えて五日ばかり断酒してみたが、結局はなにも思いつけるものがなかった。それにつづく数日間を、今度は夜毎に角瓶を一本ずつあけて、酩酊状態のなかで思考力を懸命に集中してみた。そしてようやくのことでこれはと思う計画をたてることができた。

木原は、休日を利用して横浜へ赴くと、電話帳でしらべておいた市内の古道具屋を一軒一軒たずねて廻り、気に入ったマネキン人形を物色した。流行服やビキニの水着をつけてショーウィンドウに立っているあの人形を探すのである。

だが、マネキンであれば何でもいいというわけではない。キヌの屍体に見せかけるのが狙いなのだから、外人のようにがらが大きすぎても都合がわるいし、あまり均斉がとれすぎていても不自然なのだった。しかも近頃のマネキン人形のなかには膚がチョコレート色をしたものまである。いくら水のなかに沈めるのだからといっても、それでは見破られてしまう。

そうした条件をつけると、木原が満足するような人形とはついに邂逅することがなかった。

そうかといって居住地の東京で求めることは危険だった。なるべく目立たぬように、こっそりと入手するには、近県を探し歩くほかにはないのである。それとももう一つ、こうしたマネキン人形はまず大都会の服飾店にかざられてから、皮膚が汚れたり指の先端が欠けたりする度に都落ちをして、ドサ廻りの役者と同じように、地方にながれていくという話を聞いていた。使い果たした人形を入手するには、東京よりもやはり地方の小都会のほうが発見できる率がたかそうだ。木原はそう考えて、次第に足を遠くへのばしていった。

木原が気に入った人形を見つけたのは豊橋の町はずれにある古物商の店先であり、数えて七回目の探索の旅にでたときであった。五月なかばのからりと晴れ上った日であったにもかかわらず、北を向いたその店の奥は冬の午後のようにうす暗く、陰気だった。

衣類をむかれて丸裸にされた人形は、まるで十年も前からそこにあったように、そのくせ鼻の先をツンととがらせた拗ねたみたいな、見方によってはコケティッシュとも思える媚をたたえた顔つきをして、壊れたスチールの梯子や欅の長火鉢と並べられていた。

これだ！　と心に叫んで、そっと手を触れてみた。静脈がすけて見えそうな蒼白い色は、キヌの膚にそっくりではないか。

人形は胴体と手足が分解できるありふれた型のものだった。それを百円値切って新聞紙に包ませていると、蒼んぶくれの亭主はふと手を止めて、彼の顔をみた。

「こんな古物をどうなさるんで？　とうてい買い手はつくまいと思っていたんですがね」

「世の中にはいろんな趣味の人間がいるからね」

木原はにやにやしながらわざと薄気味わるく笑ってみせた。

「夏場はこいつを抱いて寝ると涼しくていいんだ。冬は冷たすぎて風邪をひくおそれがあるけれどね」

「ほう、そんなものかね。あたしゃやっぱり女房のほうがいいと思いますがね。ま、これとは比べものにならない不細工な顔だが、目をつぶっていりゃ判りゃしねえ」

「ほらほら、障子の穴からおばさんが覗いているぜ」

木原はくたびれた作業服を着ているから、下卑た冗談を言ってもそれが板についていた。とにかく、人形を買った目的をかくすためには、変態男にみられてもやむを得ないのである。

「じゃ、どうも」

店から二百メートルばかり歩いてパークしておいた車に乗った。離れたところに停めたのは、古物商にナンバープレートを目撃されたくなかったからであった。

帰宅した彼は包みを押入れにほうり込んで鍵をかけ、夕食がすんだ後でふたたびとり出すと、床の上で包装をといた。

彼とおなじように古物商から等身大の人形を買った男が、十燭光(じゅっしょくこう)のほの暗い灯のもとで包み紙をひらくと、人形の顔がにたりと笑ったという大正時代の怪談がある。が、木原は科学者なのだ。ペスト菌には恐怖しても、人形が笑うなどというばかばかしい物語は信じられない。これが自分の絶対的なアリバイを形成する材料の一つであることを思うと、むしろ浮かれるような気分になっていった。

そしてテレビのスイッチを入れ、ヴォリウムを少し大きめにすると、若手落語家の大して面白くもない噺(はなし)を聞きながら、日曜大工用の鋸(のこぎり)でマネキンの首を切断した。鋸の音を隣室のものに聞き咎(とが)められることは、やはり避けたほうがいいのである。

犯行現場をどこにしようかという設問には、キヌ殺しの計画を立案したそもそもの初めから、解答がでていた。北アルプスの麓(ふもと)、富山県との県境ちかくを流れる高瀬川に決めていたのである。

昨年ここから北アルプスに登り、その際のさわやかな山の大気と風物にひかれて、この春も出かけている。が、いつの場合も同行者なしの単独行であった。だから、彼に土地勘のあることを知るものは、同僚のなかにも友人のあいだにも皆無なのだった。

五月二十三日、土曜日の夜おそく、人形をリュックに詰めて、マンションを後にした。長野県と富山県の境と聞くとひどく遠いように思えるが、新宿から急行にのれば信濃大町までわずか六時間しかかからない。車でいっても、月曜の朝までにゆっくりと往復することができるのだ。

事故を起すことを心配してゆっくりと走らせたので、大町に着いた頃はすっかり夜が明けていた。駅前の食堂やバス停留所は夜行から降りた男女の登山客でにぎわっていたが、木原はそれを計算に入れて、牛乳とパンを用意していた。食堂に入って周(まわ)りのものに顔を覚えられるのは愚かなことであった。

ここで左折してアルプスの麓まで一時間ほど走ったところに湯俣(ゆまた)温泉がある。そこを行き過ぎてから車を松林のなかに乗り入れて、リュックを抱えて外にでた。雨のときは延期するつもりでいたが、この日は空一帯が鈍く曇り、写真をとるには差障りない。

木原は登山姿だった。妙にこそこそするよりも、堂々と大手をふって歩いたほうがここでは怪しまれない。だから彼も口笛をふきながら山笹の生えたそま道をたどった。一度、山帰来(さんきらい)にひっかかれて舌打ちをしたときのほかは、口笛の絶えることがなかった。

川原にでるとリュックをおろし、なかから人形の胴体と四肢をとりだすと、それぞれの関節にはめ込んでおいて、屍体にポーズをとらせた。水底の人形があきらかに屍体であることが判るようでは、直截(ちょくさい)にすぎて面白味がないのだ。屍体ともつかず木の株ともつかず、男とも女とも知れぬ曖昧な状態にしておくのが、彼のアリバイを成立させるコツなのである。

両手を脇腹にあてて膝をおり曲げ、それをうつ伏せた恰好で沈めるのがもっとも効果的な姿態であることは、マンションでさんざん検討した揚句に到達した結論であった。で、彼は手早く人形にそうした形をとらせ、テグスで石の重みをくくりつけると、底の浅い、流れのゆるやかなところを選んでおいて、そろそろと川のなかに入れた。

ふだんはジンクスにこだわらぬ男なのに、水際に亀に似た形の灰色の石が転がっているのを目にすると、なにか縁起がいいような気になり、この計画が終始スムーズに運びそうな予感がした。事実、人形は、一度失敗しただけで、あとはうまく沈んでくれ、木原は亀形の石をファインダーに入れて、二つのカメラにつめたカラーフィルムで四枚ずつ写した。現像に失敗された場合のことも予想して大事をとったのである。

そして撮影がおわると人形を引き上げてリュックに入れ、カメラをそのなかにしまい込んで腰をあげると、いま降りた崖の上までもどった。

そこにはもう一つの仕事が待っていた。リュックから丈夫な紙袋をとり出すと地面において、その辺の土をスコップで掬（すく）い上げ、なかに詰め込む。この、現場の泥を採取するということが、彼のアリバイ工作のなかでいちばん独創的な思いつきであり、土を掘っているうちにふたたび口笛を吹きはじめるのだった。

3

川崎の病院に勤めを変えているキヌに対する支払い日は、月末ということになっている。しかしこの年の五月三十一日は日曜日に当っていたため、六月一日の月曜日に会うことにしてあった。

うまい按配（あんばい）に緊急な患者が運び込まれることもなかったので、五時になると病院をでて、車を新宿に走らせた。ふたりが会見しているところを第三者に見られたくはないし、といって郊外で会ったのではかえって目撃者の印象にのこることも考えられ、「密会」の場所はたいてい朝鮮料理店ということにしてあった。中華料理とは違って唐辛子をたっぷりきかせた朝鮮料理は、日本人のあいだではあまり人気がない。客も大半は朝鮮のひと達だから、間違っても木原の知人と顔をあわせる恐れはなかった。新宿の「麗水」という店もその一つで、今年の一月に利用したことがあった。

　入口に、小型のトーテムポールを連想させる像が立っており、その胸にそれぞれ天下大将軍、地下女将軍としるしてある。そのあいだをぬけて食堂に入った。まだ夕方になったばかりのせいか客の姿はほとんどない。キヌはシュロの植木鉢になかばかくれた恰好で、テーブルについていた。マタニティドレスみたいな趣味のわるいワンピースを着ている。

「こっちよ、わりかし早かったのね」

「月曜のせいか道路がすいていたからね」

　キヌは、かつて木原の病院に勤めていたときとは別人のように、ぞんざいな、狎（な）れ狎れしい口をきいていた。もちろん、弱味をにぎっているという優越感がそうさせるのだ。木原はそのたびに腹をたてながらも、どうすることもできなくて、後で歯嚙(はが)みをして口惜しがっていたのである。

席についた彼は、いつものとおり一万円札を二十枚いれた角封筒を黙ってわたし、するとキヌは当然のような顔をして受け取って、指先につばをつけると、膝の上で数えるのだった。

「あるわ」

彼女はありがとうと言ったことがない。

授受のあとで毎度こう言って酒をせがむ。

「ねえ、ビールをご馳走してくれない？」

車を運転する木原が呑みたいのを我慢していることが解っているくせに、その前でさも旨そうに、喉をならして呑む。

こいつの命も時間の問題なのだ、呑みたければ好きなものを呑むがいい。そう思って中ジョッキを三本ならべてやった。キヌは大きな口をあけてテクタンを頰ばるとみるや、初めのジョッキは息もつかずに干してしまった。女だてらに、軽く一升はいけるのである。

「どうだい、食事をすませたらドライヴしないか」

伊豆北川の別荘にはキヌ殺しの仕度がととのえてある。口実をもうけてそこに誘い出さなくてはならない。

「その前にお訊きするけど、決心ついた？」

「ついたさ。さもなきゃドライヴに誘いやしないよ。ひとりでぶっ飛ばす」

「やはりあなただけのことあるわ、賢明だわね。将来のことを考えなくちゃ。あのお嬢さんのことなんかすぐ忘れるわよ。忘れさせる自信あるの。あたしって理想的な奥さんになれるのよ」

なにを言ってやがる、一升酒をくらいやがるくせに。胸のなかで歯をむいた。

「じゃ一緒にドライヴするんだね？」

「して上げるわ。話し相手がなくちゃ退屈だわよ」

と、キヌは恩きせがましい口ぶりで頷いた。そのくせドライヴすることが嬉しいらしく、うきうきしている。

時間がたつにつれテーブルはふさがっていった。チョゴリ姿の韓国人のほかに、アメリカ人らしい夫婦づれがふた組もいた。

「出かけるとするか」

外科医にうながされたキヌは、バッグをあけて口紅をとりだすと、テーブルの真中に顔をつきだして化粧をはじめた。目鼻立ちも十人並みだしシルエットにしてもそう悪くはないのだが、キヌの難点は口が大きいことだった。以前、彼女がまだ木原のもとで働いていた頃だけれど、アクビをしているところに行き合わせて、あまりのすさまじさに息を呑んで立ちつくしたことがある。

　やがてキヌはバッグの口金をとじた。唇は、近頃はやりの白っぽい色にぬられ、ちょっと見には漫画に登場する類人猿に似ている。

　晩春の夜のドライヴは快適であった。キヌは、ほてった頬を夜風になぶらせ、さも気持よさそうに目をほそめて、ときどきひたいにまつわる髪をかき上げていた。片手を木原の胴にまわしてすっかり恋人気取りだ。

　藤沢から海ぞいの遊歩道路にでると、滅多にドライヴをしたことのないキヌは、夜景の美しさに感激したあまり声をうわずらせた。

「あの灯りがついている舟、漁船かしら」

「そう、漁火（いさりび）ってやつだ」

「なに釣ってるの？」

「メダカでないことは確かだな」

　くだらぬ冗談を言ってつねられた。殺意を悟られぬためには、こちらも馬鹿にならなくてはだめだ。木原はそう考えていた。

北川までは終始相模湾を左手にみて走る。キヌは、夜の海の美しさを堪能したように、目をうるませ、うっとりとなっていた。

「晴れた日には目の前に大島がみえるんだ」

国道から右に折れ、山道を登りながら言うと、キヌは背後をふり返って夜の闇をすかし眺めた。

この別荘は前の妻のたっての希望でたてたものであった。階下はワンルームシステムで、浴室と手洗いだけが別室につくられているが、これも彼女の設計であった。

「開放感があっていいわね。伊豆だから冬でも寒くないし……」

「そう。二階は寝室だが暖房の設備はない。冷えてくれれば温泉に入ればいいのだからね」

「じゃ、まず浴室をみせて頂戴」

ソファにかけてスプリングの弾力をためしていたキヌは、温泉という一語に急に興味を感じたように立ち上った。

「こっちだよ」

壁のスイッチを押してドアをあけてやった。木原としては、いちおう家のなかを見せ、かるく酒でも呑ませてから、浴室に連れ込むつもりでいたのだった。それなのに、獲物はみずからワナに飛び込んでくれるというのである。

「少しせまいかもしれないがね」

「…………」

ものを言うと声がふるえそうだった。緊張のあまり動作がぎごちなくなりそうで、それに気づかれまいとすると、いっそう動きがギクシャクしてくるようだった。

床のスノコはとりはずされ、タイルがむき出しになっている。血を洗いながすのに都合がいいからであった。

「これだけの大きさがあれば充分だわよ。ふたり一緒に入れるじゃないの」

浴槽のふちに手をふれたり、蛇口をひねったりしながら、キヌは満足そうに笑った。

「さむい晩に銭湯にいくのはしんどいものなのよ。温泉のある家なんて夢みたい」

「そのかわり掃除がめんどうだぜ」

「あたしに委せて。掃除は得意なの」

「しかしきみにはこの風呂場を洗うことはできないよ」

「なぜ？　洗剤であらえば簡単だわよ」

「ところがそうはいかないんだな」

「なぜよ」

「きみは殺されることになっているからさ」

同時にとびかかっていった。キヌは女とは思えぬほどの力でふり払おうとし、悲鳴を上げた。木原の顔に爪をたてようとして手をつかまれると、大口をあけて噛みついてくる。女は弱いものという先入主に支配されていただけに、木原は、この思いがけぬ反抗にすっかり慌てていた。歯をむき、わけのわからぬことを喚き、無我夢中で女の頸を絞めつづけた。

しかし、キヌの抵抗はすぐに弱まった。手をはなすと、糸の切れたあやつり人形みたいに他愛なく崩れ、冷たいタイルの床に仰向けに横たわってしまった。木原は蛇口をひねって浴槽に水がたまるようにしておいてから、しばらく呼吸をととのえるため、その場にじっと立ちつづけていた。

頬がひりひりと痛む。壁の化粧鏡をのぞくと、左の顔に大きなミミズ脹れができていた。彼は居間の薬箱から消毒薬をだして傷口にぬり、外科医らしくてきぱきと所置をすませて、ついでに手術衣に着更えてから浴室にもどってきた。

医師である以上は当然のことだが、屍体をいじることには慣れている。死んだことを確かめたのち、まだ温かい屍体からワンピースをぬがせ、白のブラウスや下着を剝いでいった。

　伊豆で殺されたキヌが、長野県の高瀬川のほとりで殺され首を切られたようにみせかける、それが木原のアリバイ計画の発想の基本になっている。したがってつぎに彼がすることは、キヌの首の切断にあった。といって、メスや外科鋸を使ったのでは外科医の犯行であることを宣伝しているようなものだから、素人の兇行をよそおうために、二丁の出刃包丁を用意してあった。

　その血まみれ仕事を、木原は三十分たらずですませてしまうと、首はタイルの上にごろりと転がしておいて、まず屍体のほうを浴槽のなかに入れた。排水孔の栓には前もって水がもるように細工がしてある。

　屍体を水に浮かべ、つねに蛇口から一定の水がでる一方、おなじ量の水がもるようにしておけば、蓋をされたこの浴槽のなかで、キヌは異臭を発することもなく、ただ放っておくだけで白骨になっていく。後日それをとりだして粉砕し、適当に処分して跡形もなくしてしまおうというのが木原の案なのであった。

　ついでポリバケツを持ってきてそのなかに首を入れ、さらにその上に首が埋まるまで土をかけた。これは高瀬川の山道から採ってきた土なのだ。キヌの首は後日ふたたび現場へ持っていって遺棄することにしているのだけれど、そこに付着している土がその場所のものである以上、どんなに熟練した技師がしらべたところで、キヌは高瀬川のほとりで殺されたという結論しかでないのである。

床の血液を丹念に洗いながしたのち、首の入ったポリバケツと衣類を持って帰途についたのは深夜の一時になろうとする頃だった。明日は椎間板ヘルニヤの手術が待っている。帰京して充分な睡眠をとらなくてはならないのである。

4

アリバイを成立させるエレメンツは場所と時間だ、という結論に木原は到達している。キヌが富山県境にちかい高瀬川で殺されたときに、木原が東京を一歩もでていなければアリバイは確立するわけだけれど、もう一つの要素である時間の幅をせばめて、犯行の日時をはっきりさせれば、それはいよいよ完璧なものとなるはずである。木原は、その手段として人形をとったカラー写真を利用しようとしていた。

三日おいた六月五日に、車を駆って大宮までいくと、カメラ材料店に寄ってカラーフィルムの現像と焼付を依頼した。心配したような失敗もなしに、それは五日後に出来上っていた。

マンションに帰るとルーペを目にあて、芸術写真でも鑑賞するように色彩のあふれた画面をながめた。多少のアングルは変えてあるものの、透明な水、白い小石の上にうつ伏せている女の裸形（らぎょう）が美事にとれていた。特に人形は屍体と思えば屍体に、切り株と思えば切り株に見えるという満足すべき出来映えであった。

木原はその写真を筐底（きょうてい）に秘めて高瀬川の増水するのを待っていた。屍体が流れたことにするには水量が増さねばならず、そして梅雨に入れば高瀬川が増水することは間違いないのである。

六月の中旬に、北ア一帯には木原が予想していた以上の降雨があって、県道の一部が崩れ、湯俣温泉の泊り客が帰るに帰れなくなるという事故があった。高瀬川が増水して川の形が変ったと聞くと、木原は躊躇することなく、かねて狙いをつけておいた週刊誌の編集部にダイアルを廻して屍体らしきものをスナップしたことを告げた。

「高瀬川？　高瀬川ってどこです？」

週単位で暮しているせいか、編集員は音程のたかい早口で言った。

「北アルプスの麓です」

「撮ったのはいつ？」

「三日です、今月の」

「場所は？」

「湯俣温泉のちかくの川原です」

「とにかくネガを見せてくれませんか」

「いいですとも」

「住所と名前は？」

「それはまずいな」

と、彼ははじめて躊躇してみせた。

「会社の女の子と一緒だったものですからね、会社に知られても困るし、家内に知られたらなお大変なことになるんです」

「しかしね、謝礼を送らなくてはならない」

「謝礼なんか要らんですよ。赤い羽根にでも寄付して下さい。ぼくとしては万一これが屍体である場合を考えて、はっきり言えば一種の責任逃れにやってるんですから」

結局、データを郵送するということで話がついたものの、通話を終えたときの彼は鼻の頭にびっしりと汗をかいていた。通風のわるいボックスのせいばかりでもなさそうであった。

フィルムや印画紙をいじる際は手袋をはめていたから、そこに彼の指紋がついているような心配はない。木原にとって問題なのは、宛名をしるすときに自分の筆蹟を残さぬようにすることであった。彼はつぎの日にふたたび大宮まで出かけると、駅の近所の喫茶店に入って、指を負傷しているという口実で女の子に書かせた。締切日が迫っていたというのに、さすがに週刊誌だけあってすることが敏捷だった。四日のちに発売された号には『北アルプスの怪』のタイトルで木原の情報が大きくとり上げてあり、提供した写真も、わざわざオフセットの色刷りで一ページをつぶして紹介されていた。木原の名は伏せて単にA氏とのみしてあるが、編集部のこうした派手な扱いに彼はすっかり満足していた。

予想したとおり、週刊誌を読んだ現地の大町署は刑事をくりだして、葛温泉から東京電力高瀬川第五発電所を経て湯俣山荘にいたる流域十七キロの捜索をしたものの、遂に屍体を発見することができずに、増水で流れてしまったものという結論をだした。にんまりした微笑をうかべて読み終えた木原は、朝刊を折りたたむとテーブルにのせ、こんがりと焼けた三枚目のトーストに手を伸ばした。

木原の偽造アリバイは、キヌの首を現地に捨て、それが発見されたときに完成したものとなる。そこで、梅雨が中休みの状態になった下旬に、例によって土曜の夜おそく東京を発って大町へ向った。首をつめた容器からは多少の臭気がもれているので、それを更に一廻り大きな密閉容器に入れてある。

前回の人形をリュックに詰め込んでいたときには、もし事故にあったとしても何とか言い逃れができたはずだが、腐敗しかけた生首を持っているところを発見されたら弁解のしようがない。だが、いくら慎重にハンドルを握っていても、追突されたりセンターラインを越えた対向車に衝突されたりすることまでは防ぎようがなかった。仮りにそうした事故が発生したときは即死をとげたほうがいいと思っていた。

木原は、まるで免許証をとりたての頃のように、肩が凝るほど固くなって運転をした。甲府市内をぬけようとして交通の一斉取締りにぶちあたったときは胆をつぶしたものだけれど、酒を呑んでいたわけでもないので、文句なしにパスすることができた。それでも、ハンドルを握る手がぬるぬるするほどに冷や汗をかいていた。

先日よりも少し早目に、夜が明けかけた頃に現場についた。前回は写真をとるのが目的だから明るくなっていないと困るのだが、今回は首を捨てるだけなのだから、あたりがほの明るくなっていさえすれば、それでよかった。

先日の土を採集した地点はすぐに解った。彼はあたりの様子をうかがってから、手早く穴を掘り、バケツを斜めにして首を穴のなかに落し込んだあと、底に残った泥をかぶせた。梅雨はあと一カ月ほどつづくという予報である。近いうちにひと雨くることは間違いないことであり、するとこの土は洗い流され、首はたちまちむきだしになる。

発見するのは誰だろうか。登山者か、それとも木樵か。そうしたことを思いながら崖をおりて川原に立ってみた。なるほど川幅がぐんと広くなり、その分だけ川原がせまくなっていた。亀の形をした石も、当然のことながら黄色い濁流の底になって所在も判らない。胸中ひそかに再度の対面を期待していただけに、木原はがっかりして立ちつづけていた。

キヌの首は、彼が予想したよりもずっと早く、木原が現場を立ち去ってから二時間もしないうちに、近くの旅館の人間によって発見された。

記事は、早くも月曜の朝刊にのった。早過ぎてわるいということはないにせよ、木原が虚をつかれたのは事実である。

「きみ、読んだかね？」

と出勤した木原の顔をみると、すぐに院長が声をかけてきた。

「何をです？」

「このあいだの北アルプスの首なし事件だよ。ぼくはね、あのときに吉岡君と賭けをしたんだ。生ビールの大ジョッキを五杯という約束だ。ぼくが人間の屍体だと言ったのに対して、彼は木の切り株だと主張したんだよ。いまごろ地団太ふんでるだろう」

吉岡はインターンを終えたばかりの青年で、夜間だけアルバイトとして勤めているのだ。腕は心もとないが、看護婦不足の折から、その代用という意味で働いてもらっている。

「旨いことをしましたな」

「ところが有頂天になってもいられない。さっき、高倉君と今もって親しくしている婦長が言ってたのだが、高倉君が六月の初めから行方不明になってるんだそうだ」

「初耳です」

「川崎の病院の同僚やアパートの住人が心配して十日ほど前に捜索願いをだしたと

言ってる。看護婦仲間の話では、最近にわかに服装に凝りだした、愛人ができたらしいというので、警察では駆け落ちしたものとみている」

「じゃ心配することはないですな。どこかで愛の巣をいとなんでいるのでしょう」

と、木原は芝居をつづけた。あのワンピースもブラウスも焼却してしまったし、靴もバッグも処分してある。残るのは白骨だが、これもそのうちに肉片がすっかり流されて完全な首なしの骨格だけに仕上がるだろう。怖れる心配はない。

「いや、それならいいんだがね。婦長は、あの首が高倉君ではないかと言って気をもんでいるのだよ」

「そいつは考えすぎだ。こわい顔してるくせに神経質なんですね」

冗談めかして笑いとばしたが、院長は乗ってこなかった。まんまるな顔をいつになく曇らせていた。

「しかしね、一概に否定するわけにもいかないのだ。例の週刊誌に写真を提供した登山者なんだが、彼が屍体を写したのは三日だろう？　一方、高倉君が欠勤しているのは二日からなのだ。つまり最後に同僚に目撃されたのは一日の午後で、頭痛がするという口実でいそいそと帰っていったんだな。だから同僚は、デートに違いないと言って噂をしたという。つまり、その夜の列車で信濃大町へ向うと、あくる二日に現場で殺された、というふうに考えるならば、屍体が翌三日に登山者の目にとまったのはあり得る話なんだ」

「タイミングが合うというわけですね」

にわかに賛同できかねる。そういった思い入れで木原は小首をかしげ、むずかしい表情をつくったが、内心はほくほくしていた。

計画は完璧だったと自負しているものの、こうまで旨くはまり込んでくるとは思わなかった。このぶんだと、当局もおなじ見解をとるだろうし、ひいては木原のアリバイは確固不動のものとなる。これに備えて、木原は六月二日と三日はわざわざ当直医を買って出てずっと病院につめていた。病院の従業員ばかりでなく、入院患者までが証人になってくれるのである。どこから突いても、彼のアリバイはゆるぐことのない完全無欠なものとなっていた。

「どうですか、わたしは高倉君が無事でいるほうに賭けますよ。ビール一ダースでは?」

「いや、わたしも話をしているうちにますます気懸りになってきた。わたしも屍体が高倉君でないほうに賭けるよ」

院長の希望的観測は無残にも裏切られてしまった。歯型から、首がキヌのものであることが明らかにされたからである。婦長は喪章をつけて、川崎の病院の葬儀に参列した。

5

副院長室にふたりの刑事がやってきたのは更に三日のちのことであった。木原は冷静な態度で刑事を迎えると、看護婦に珈琲(コーヒー)をはこばせ、自分も落着いてカップに口をつけた。刑事というとうどんの立ち喰いをするものとばかり思っていた木原は、彼等がそろって仕立のいい服をスマートに着こなしているのを見て、意外に感じていた。

あたりさわりのない世間話が一段落すると、眼鏡の刑事がさり気なくキヌのことに触れてきた。おいでなすったな。

「首を切断するというのはどうしたわけでしょうかね」

と、彼は噂話でもするような呑気な口調だった。

「わたしは素人だから解りませんがね」

外科医は言葉をえらんでゆっくりと言った。

「推理小説から得た知識によると、屍体の身元をかくすためではないですか。着衣を剝いだ点からみても、そう断定していいと思うのですが」

「そうですな、そう解釈するのが常識です。しかしね、その犯人は非常にたかい知能指数を持っているのではないか、とわたしは思うのですよ。警察当局が常識的な解釈をするだろうと見込んだ上で、首を捨てたのではないでしょうか」

「よく意味が解りかねますが」

と、木原は消極的な答え方をした。急に風向きが変ったような気がする。

「つまりですね、まだ他に解釈をくだす余地があるのではないか、というのです。例えば東京で殺しておいて、首を現場にはこんだのではないでしょうかな」

「解りませんな。わたしは犯人ではないのだから」

ぶっきら棒に言い、腹立たしそうに珈琲をのんだ。

「じつはですね、調査の結果かなりのことが判明しているのです。高倉キヌの銀行口座をしらべてみると、去年の暮れから定期的に預金がふえている。二十万円ずつ、月末に入金しているのです」

「わたしに関係のないことですよ」

「一方、あなたの口座からも月末になると二十万円ずつ引き出されておりますな」

　どきりとなった。アリバイ工作に夢中になったものだから、預金のことはついうっかりしていたのである。

「駆け出しの刑事でも、あなたが高倉からゆすられていたことは解りますよ。そこでわれわれはあなたの周辺を洗うことにしたのですが、その結果、興味のある事実を発見しました。やはり去年の暮れですが、あなたは患者の手術に失敗されておる。ここに何かがありそうだと思ってもう一段突込んでみますと、手術の直前まで飲酒していたことが判った。同時に、その夜の手術に立ち会った看護婦が高倉であったことも判明したのです」

「偶然にタイミングが合ったのですよ。わたしはゆすられた覚えはない」

　声のふるえが刑事に悟られたのではないか。木原はそう思ってはらはらしていた。が、当の刑事は外科医の弁明など頭から無視した。

「われわれは更に前進しました。川崎の病院を訪ねて看護婦さんの話を訊いたのですが、高倉はごく親しい仲間に、あなたと結婚するつもりだと語っていたそうです。そのあなたにはお金持のお嬢さんとのあいだに縁談が進行中です。あなたには邪魔者を消してしまおうとする強烈な動機があるのですよ」

「動機があろうとなかろうと、わたしは潔白です。わたしにはアリバイがある」

「高倉が東京で殺されたとしてもですか」

木原は音をたててカップを皿におくと、きっとした眼差しで刑事を睨みすえた。

「それは架空の話ではないですか。わたしのアリバイを否定するためには、高倉君が東京で殺されたことにしないと都合がわるいのだ。刑事さん、あなた方は胴体が川に沈んでいたことを忘れているんじゃないですか。あのアマチュアカメラマンが写真をとったのは六月三日のことなのですよ。したがって高倉君は六月一日の午後、病院を早退してから六月三日にいたる二日間に殺されたのです。ところがわたしは、二日も三日も東京から一歩も離れていない。いや、この病院から一歩だって外に出ていないのです」

一気にまくしたてた。

「それとも刑事さんは、あの胴体のほうもわたしが東京から運んでいったものと勘ぐるかもしれない。しかし、病院からひと足も外に出なかったわたしに、どうやって屍体を運搬することができたのですか」

「いや、そんなことは言いませんよ。あなたのアリバイはすでに調べがついています。したがってあなたが屍体を運べなかったということも、はっきりしているのです。しかしわたしはね、写真にうつっている川底の物体が、屍体ではなくて屍体に似せたつくり物ではないかな、という疑念をもっているのですよ。例えば頭をもぎとった人形――」

「そんな馬鹿な。すぐ近くで高倉君の首が発見された以上、あれが高倉君の胴体であることは当り前じゃないですか」

木原は必死に反駁した。刑事は仮定のことを言っているにすぎない。彼等の発言には何の根拠もないことを、木原は見ぬいていたのだ。ここはあくまで強気にでることが得策であった。

「あなたはそう言われるが、残念ながら高倉の胴体ではないのです」

「すると、その人形とやらいうものが川底からでてきたのですか」

口調に嘲りのいろがある。人形は水から引き上げて東京に持ち帰ると、粉々に砕いて始末してある。刑事がハッタリを言っているのは明らかなことだった。

「まあこれを見て下さい」

そう言って刑事が鞄からとり出したのは、大きく伸ばしたあの写真であった。色彩はこちらのほうが鮮かにでている。

「この水際に亀の子型の石がありますね？」

「ええ」

木原はかわいた喉をしめそうとしてふたたびカップをとった。

「週刊誌の編集部に、これを見た読者から問い合わせがあったのです。この人はふたりの友人とともに大町市から葛温泉を経て七倉（ななくら）まで入ると、翌日、高瀬川ぞいにさかのぼって、午後の三時頃に、湯俣温泉下の川原で小休止をしたというのです」

「……？」

いやに気を持たせる話しぶりだった。木原は油断なく刑事の赤い唇を見つめていた。

「それが、五月三十一日の日曜日のことだったのですよ」

刑事は相手の眸（ひとみ）をのぞき込むようにして、ゆっくりと先をつづけた。

「そのときに、ここに写っている亀の子型の石に興味を感じたものだから、リュックに詰めて持ち帰ったというのです。わたしもこの人の家にいって見せてもらいましたが、間違いなく亀の子石でした。これは重大な問題ですからな、他のふたりの同行者にも当ってみたところ、確かな事実であることが判ったのです」

自分の立場が不利になってきたことを朧気（おぼろげ）に察知すると、木原は追いつめられた獣みたいな臆病な目つきになって、逃げ路をさがすようにあたりを見廻した。

「週刊誌に送りつけられたこの写真には、その亀の子石がはっきりと写っています。ということは、よろしいか、この写真がとられたのは、石が持ち去られるよりも前のことであった、すなわち五月三十一日の午後三時より以前のことになる。それなのにどういうわけだか、これを提供した匿名氏は六月三日に撮影したと真赤な嘘をついていたのですよ」

「…………」

「嘘をつく必要があるのはあなた以外にない。アリバイを成立させるためにね」

「…………」

「もうお解りでしょうな？　川の底にしずんでいるのは高倉の胴体ではないんだ。この写真がとられた時点で、高倉キヌはまだぴんぴんして病院で働いていたからです」

木原の手からぽろりとカップが落ち、それは机に落ちてふたつに割れると、茶色の液体が白衣に飛んだ。が、彼はそれにも気づかずに、ぽかんと口をあけ自失していた。

笑う鴉

1

　編集部に入ってこの正月でちょうど十カ月になる。その間に、ズブの素人だった香魚子(あゆこ)は、活字の大きさを表わす号数からはじまって、レイアウトや割りつけの仕方をマスターし、どうやら一人前の編集者らしいところまでになった。

　病気で入院した部員の代打を二度ばかりやらされたこともあったので、いまではすっかり自信がついている。そろそろ、作家を担当させてほしいものだ。香魚子はしばしばそうしたことを思い、ひそかに春の異動に期待をよせていた。

　ところがこの願いは、早くも一月の半ばに現実のものとなった。井田(いだ)という年輩の編集者が、半年間の予定で急に海外視察に発っていったからである。

「谷川(たにがわ)君と加賀(かが)君、ちょっと来てくれ」

　編集長の机は、いちばん奥に一つだけ離れている。窓を背にして、末席の香魚子の仕事振りまでひと目で監督できる位置にあった。

「これからいよいよ作家を担当してもらうことになる。いいね？」

彼は度のつよい近眼鏡ごしに、わかい二人の女性をじろりと見た。

「井田君は知ってのとおりベテランだったが、きみたちは新人だ。だから、井田君が持っていた六人の作家を半分ずつ受け持ってもらうことにした。いいね？」

いちいち念を押すような言い方をするのが編集長の癖でもあった。

「はい」

「一つ二つ注意しておくことがある。いうまでもないことだが、かならず相手を先生と呼ぶことだ。善人でも悪人であっても、原稿を依頼する以上は先生と呼ぶ。まあ、一種のお呪いだと思えば抵抗も感じないだろう。原稿を貰うための呪いだ」

注意されるまでもなく、それは承知していた。

「でも、もし先方が女子大の後輩だったらなんと呼べばいいんでしょうか」

と、加賀町子が訊いた。歌麿の美人画みたいな顔をしたこの女は、ことごとに女子大出身をひけらかすのである。いまの場合もそうだ。町子自身が学校を出て一年にしかならないというのに、後輩の女流作家なんてものが存在するわけがない。短大しか出ていない香魚子は、それを聞くたびに、胸中面白くないものを感じるのだった。

「そのときは止むを得ない。さん付けで呼ぶんだな。駆け出しの作家を増長させることにもなるからね。以前にも、うちの編集部で現実にそうした問題が起ってね、後輩を先生なんていうのは口が裂けてもできんと主張するんだな」

「どうしましたの？」

「担当を替ってもらったさ。それも生憎なことに、大学時代に応援の練習をサボったとかでぶん撲った下級生なんだそうだ。具合がわるいのも無理ないやね。ところで……」

語調をかえると二人を等分にみた。

「きみたちが担当する三人の作家のうちに、気むずかしいことで知られた大物が一人ずついるんだ。薬王寺さんと大船さんとがそれなんだがね」

内心、香魚子はぎくりとした。これはとんでもない作家を受け持たされたものだ。しょっぱなからこんな大役をこなせる自信はない。そう思って加賀の横顔を盗みみると、彼女は平然として少しもたじろいだ様子はなかった。香魚子にとって、それは小面憎いほどであった。

薬王寺ハルと大船徹子とはどちらも三十を越したばかりであったが当代の売れっ

児であると同時に、編集者に対して高飛車な態度にでることでも知られていた。勿論、中途半端な作家にはそんな真似はしたくてもできない。少しでも編集長の気にさわる言動があれば、否応なしに干されてしまうからだ。替りの作家ならいくらでもいる。

だが薬王寺ハルや大船徹子のような大物ともなると、代打をつとめるものがいない。その作品が載ると載らぬのとで、月刊誌の売れゆきが十万から十五万もちがってくるという流行作家は、そうざらにいるわけがないのである。

薬王寺も大船もそれをよく承知していた。知っているからこその我儘（わがまま）なのだ。いってみれば両作家の傲慢さは、おのれの才能に対する確固たる信念に根ざしているものであった。

「いいかね、作家はたいていの場合がそうだが、とくにこの両人はライバル意識がつよい。面とむかって片方の作家をほめるようなことは絶対につつしんでもらいたいのだ。忘れたらえらいことになる」

「はい」

香魚子も町子も緊張した表情をしていた。考えれば考えるほど、旨くやっていけるかどうか自信がなくなる。

「加賀君には薬王寺さんを、谷川君には大船さんを担当してもらうことにする。いいね」

「はい」

「あとの四人は感じのいい人ばかりだ。おごらずたかぶらず、ときにはバーへ連れていって呑ませてくれたりする。担当が変った挨拶も、電話でやればいい。だが、問題は薬王寺さんと大船さんだ。これは直接お宅を訪ねて挨拶をしないとまずい。勿論ぼくも同行して引き合わせをするつもりだ」

「お願いしますわ。わたし一人ではとても……」

途中までいいかけて香魚子は口をつぐんだ。町子のふっくらとした頬に、かすかな嘲(あざけ)りのいろがうかんだことに気づいたからだった。

香魚子が編集長につれられて大船家をおとずれたのは、それから二日のちのことである。

女流作家の家は千代田区のスカイマンションの最上階にあった。それはいかにもこの流行作家にふさわしく豪奢な建物で、日本で最初のペントハウスとして知られていた。老若ふたりの女中がおり、徹子の好みなのだろうか、どちらも品のいい和服姿である。香魚子たちは、この若いほうの女中に導かれて洋風の客間にとおされた。廊下には赤い絨毯（じゅうたん）が敷きつめられていたが、客間のそれはサラセン模様をつむいだ滅多に見かけることのない上物で、ほんの一瞬、香魚子は足を踏むのをためらったほどだった。

「や、恐縮です。どうも」

編集長は女中にむかっても低姿勢である。大船徹子の権威のほどがうかがわれた。

二人は革張りの大きな安楽イスに腰をおろして十分ちかく待たされた。抹茶と、婚礼の引き出物みたいな立派な練り切りがでたが、編集長は並はずれた甘い物好きのくせに、菓子には手をつけなかった。香魚子もそれにならって抹茶だけ飲んだ。

口中に残った苦味がようやく消えようとした頃、かすかに絨毯をふむ足音がして、大船徹子があらわれた。上背があり、髪をボーイッシュにカットしているから少女歌劇の男役に似ていないこともない。面長で、目鼻立ちの一つ一つがくっきりとしていて、見るからに個性的だ。色が白く、手の甲に静脈がうっすらとういている。

「そちらが谷川さん？」

編集長が紹介をする前に、彼女のほうから問いかけた。声は、耳ざわりのよいアルトである。

「よろしくお願いいたします」

「固くならないでいいのよ。世間ではわたしのことをとっつきの悪い女だといってるけど、いいたい人にはいわせておけばいいの」

噂に聞いていたのと違って至極ものわかりがよさそうだ。香魚子はそっと編集長をみた。林はヤニに染った黄魚い歯をむきだしにして、お世辞笑いをしている。そこには編集長としての威厳は影をひそめ、彼女は話にきく幇間を連想した。いくら流行作家であるにせよ、もう少しプライドを持ったらどうだ。そう批判的な目でみる一方では、これが宮仕えのつらいところなのだと思い、そっと彼に同情した。

雑談を十五分ほどすると、編集長は香魚子をうながして腰を上げかけた。

「お忙しいなかをお邪魔しまして……。近いうちに改めて谷川君をうかがわせますから、短編を一つ――」

「書いてもいいわよ」

と大船徹子はあっさり答えた。林のほうが呆気にとられて口をあけている。

「長さはどのくらいなの？」

「五十枚でお願いできれば何よりですが……」

「判ったわ。腹案があるの。今度は早くかけると思うわ」

女流作家は機嫌がよかった。白い歯をみせてときどき香魚子のほうにも笑いかけ、香魚子は香魚子でつつましく微笑を返した。彼女は小柄のせいか齢よりも三つ四つ若くみえる。丸顔のせいでいっそうあどけない印象をあたえるのだった。

二十分後、二人は地下鉄で帰途についていた。会社はお茶の水にある。ラッシュにはまだ間があるので座席はあいており、並んで腰をかけることができた。

「大船さんはきみが気に入ったようだな。しっかり頼むぜ」

「はい」

彼女はまだ上気していた。このことを恋人の篠崎英輔(しのざきえいすけ)に話してやればきっと喜んでくれるだろう、と思う。

「加賀さんのほうはどうなりましたの?」

こうした場合でもライバルのことは気がかりである。

「忙しいという理由で会ってくれないんだよ。多忙なことは解ってるんだが……」

林は不平そうに語尾を濁した。しかし香魚子にとってみればそのほうがよかった。今日の報告を聞いたなら、加賀町子がさぞ口惜しがるだろうと想像すると、気が浮きうきしてくる。

「大船さんがあんなに和(なご)やかな目で編集者をみたことはないんだぜ。前にもいったと思うけど、虫の居所がわるかったとみえて机の上の小銭を投げつけられて、泣いて帰った女子社員もいたんだからな」

「酷いことをするのね」

「だから油断は禁物だ。しかし、いまの様子から判断した限りではきみは大いに気に入られている。今後とも失敗しないようにやってくれよ、いいね？」

緊張がゆるんだせいか、編集長はいつになく多弁になり、電車が御茶ノ水駅につくまで喋りつづけていた。

2

作家のなかにはきちんと締切り日をまもってくれる人もあれば、ルーズなものもある。そのルーズな作家のなかにも遊び呆けておそくなるのと、締切り日が迫らないと案が浮んでこないという、いってみればエンジンのかかり方のわるいのがいる。編集部でもその点は心得ているから、要注意の作家には締切りの一週間ばかり前に電話をいれて、それとなく執筆をうながすようにするのだった。

その点でも大船徹子は記者泣かせといわれていた。仕事の量が多いのだから無理もないことだが、ぎりぎりになっても一字も書けていない場合が少なくない。ひどいときには印刷工場の出張校正室に原稿紙とペンを持ち込み、そこで書く。だが、なにぶんにも神経のこまかい女性であるし、我儘な作家だから、まわりの編集者は気をつかって私語ひとつすることができない。夜食のラーメンをすするにも、音をたてぬよう息をひそめて喰わねばならなかった。

「大船女史がいると肩がこるね」と彼らはいい、評判はあまりよろしくない。むしろ迷惑がっていた。出張校正というしんどい仕事は、冗談を言い合ってやるからこそスムースにすすむのである。

「今度は早ぃわよ」

大船徹子がそういったのを、香魚子ははっきりと聞いている。それを本気にしていたが、念のために一週間前に電話を入れてみた。緊張しすぎたためダイアルを廻す指先がくるって、べつの家にかかってしまい、与太者(よたもの)みたいながさつな男から突(つっ)慳貪(けんどん)に怒鳴られた。

二度目に大船家の女中がでた。徹子は大作家にふさわしく、彼女自身が受話器をとることは決してない。すぐそばに徹子がいても、まず女中があらわれて応待をし、主人に取り次ぐのだった。

「安心しててぃいのよ。もう半分ぐらい書けてるわ」

笑いを含んだ声が答え、いわれたとおり香魚子はほっと吐息をついた。

締切りの二日前にもう一度電話をすると、彼女は心なしかちょっとくぐもった口調で、大儀そうにいった。

「三分の二まですすんでいるの。でも心配することないわ。ひと晩で五十枚書くことだってあるんだから……」

「どうかよろしくお願いします」

電話の前で相手におじぎをしているマンガがあるが、香魚子はそのマンガと同じことをやった。本当に有難いことだと思った。加賀町子のほうはとうとう原稿をもらわずじまいである。そのせいか近頃はとんと元気がなく、自慢の女子大出というセリフも一向に聞かれなくなった。ざまアみやがれ、と思う。

作家は下旬からつぎの月の初旬にかけてが忙しいのだが、編集者は初旬から中旬が多忙であった。もらった原稿を読んで画家に廻したり、割りつけをしたり、印刷工場に出張したりしなくてはならない。毎月のことだけれど、香魚子も当分の間は篠崎英輔と逢うことはできなくなる。

大船徹子に電話をした日の夕方、香魚子は渋谷の喫茶店で篠崎と落ちあうと、デートを楽しんだ。すでに婚約をした仲だが、それ以上の発展はない。記事の上では無軌道な行為を奨励するようなことを書くけれど、それはあくまで雑誌を売るための方策にすぎなかった。内部にいてそうした事情をよく知っている香魚子は、身を持するにかたかった。

いうまでもなくこれは相対的なもので、相手の男がだらしなくてはどうにもならないわけだが、英輔のほうもまた、いまの青年には珍しいくらい堅物であった。二人のデートは散歩をすることと食事をすることがすべてなのだ。

「しばらく逢えないから、今夜はすてきなものをご馳走しよう」

連れていかれたのは道玄坂の鯨料理店だった。東京生まれの二人は、ほんとうの鯨の味というものを知らなかった。かねて話に聞いた尾羽肉の刺身を喰おうと英輔がいいだし、香魚子はちょっとひるんだものの、結局は同意したのである。

獣の生肉をたべるのは野蛮でありグロテスクであり、かなりの決断を必要としたが、思い切ってひと切れを舌にのせてみると、たちまち脂が口中いっぱいにひろがって、濃厚でありながら少しもしつこくなく、じつにおいしかった。それを肴に、香魚子はわずかの時間にコップ一杯のビールをあけてしまった。

「すごい呑みっぷりだね。なにか嬉しいことでもあったのかい？」

と英輔はなかば呆れた顔つきだった。いつもの香魚子はほとんど酒に手をつけないからだ。

「祝盃のつもりよ。やっと一人前の編集者になったんですもの」

香魚子は話したくてうずうずしていた仕事のことを語って聞かせた。特に、大船徹子に気に入られたことは会話の一つ一つを復唱して、くわしくのべた。

唇についたしたじをナプキンで拭きながら、英輔はほそい目をいっそうほそくして、いかにも楽しそうだった。

「あんなえらい作家に好かれるなんてラッキイだな。尤も、きみは誰からも好かれるたちだからね」

「そんなことないわよ」

加賀町子のことを思いうかべて首をふった。長い髪が白いブラウスの衿元にぱっと散った。

食事をすませると、席を変えて喫茶店に入り、アイスクリームを味わいながら新婚旅行のプランを練った。以前から英輔は北海道へいこうといい、香魚子はあこがれの九州を一周したいと主張している。

希望する土地が極端にはなれすぎているものだから、この夜も結論に到達することができなかった。というよりも、二人とも意見の相違することを楽しんでいるのだった。あっさり一致してしまったのでは、それだけ話題が減ってしまう。

「ま、一年も先のことなのだ、ゆっくりと検討しようや」

「そうよ、慌てる必要はないことよ」

「しかし、なんだね……」

言葉を切ると、英輔はほそい目で店のなかを見廻した。どのテーブルにも一本ずつの飾りキャンドルが立ててあり、ほのかな光が若いカップルを照しだしている。ローソクが消えるまで坐っていられるのがこの店のシステムなのである。

「なあに？」

「こうして見渡したところ、ぼくらより幸福そうな二人はいないようだな」

「確かにそうだわね」

香魚子も同感だった。自分は一流出版社の有能な編集員なのだし、英輔は将来を嘱望される新進建築技士なのだ。眼前に、洋々とひらけた未来が横たわっている。

「紅茶でもとるかい？」

「いいのよ。それよりもお話をしていましょうよ」

香魚子はスプーンにクリームをのせ、テーブル越しに恋人の口へ入れてやった。大きな口の英輔は、とうのむかしにクリームを喰べ終えていたからである。

3

大船徹子の原稿は、約束の日になってもできなかった。前々日までは「あと十枚よ、待っててね」といっていたのに、その十枚が書けないというのである。

これ以上ぐずぐずしていると、挿絵画家が絵をかく時間がなくなってしまう。いよいよ間に合わなくなれば、幾つかのシーンを選んで大体の筋書を話してもらい、あとは画家が空想によって絵をえがくという場合もあるが、それは窮余(きゅうよ)の一策であった。画家が早呑み込みをして、とんでもない絵が出来上がることがあるからだ。編集者としてそうしたトラブルは避けたかった。

香魚子はいらいらしていた。いやでも加賀町子のほうに視線がいく。すると、つんとすました表情のない顔が、それ見たことかといっているように思えるのだった。

「清書のお手伝いしましょうか」

と、電話口で香魚子はいった。

「そうね、そうしてくれると助かるわ」

相手は意外なほどすなおに応じた。

「そうしてくれれば今夜中に書き上がるわ」

　徹夜をすれば、仮りに五十枚全部を清書させられても出来ないことではない。締切りに遅れることを考えれば、この肉体労働をいとう気にはなれなかった。

「よろこんで伺いますわ。何時頃がよろしいでしょうか」

「五時にきて頂戴。夕ごはんを喰べてから取りかかってもらうわ」

　話はとんとんと進んだ。

　編集長にその話をすると、彼は否も応もなかった。

「ご苦労だがたのむよ。もし仕事が早くすんで夜中に帰るようになったら、出入りのハイヤーを呼んでもらうことだな。いい加減なタクシーを拾っちゃ危険だからな、いいね？」

「はい」

「男の作家だとそういうわけにはいかないけど、そこは少しあつかましく、部屋の片隅にでも寝かせて下さいといってみることだ。それがいちばん安全だからね」

「そうしますわ」

　香魚子は四時をすぎると社をでた。途中で交通ラッシュのために遅れることを考えに入れてのことだった。せっかく好感を持たれているのだ、つまらぬことで不興を買いたくはない。

しかし地下鉄には交通ラッシュもないし、停電事故もなかった。早く到着しすぎた彼女は、日比谷の服屋で生地の見本をみて時間をつぶすと、歩いてマンションへ向った。

「まあ、きっかりじゃないの。パンクチュアルだわね」

玄関の扉をあけると挨拶もしないうちにそういい、上機嫌に声をたてて笑った。香魚子はこのときもレビューの男役を連想した。

「あら、お手伝いさんは？」

「仕事の邪魔になるから浅草へやったのよ。鰻でごはんを喰べて、十時過ぎに帰ってくるの。雑誌社の人に清書をたのむときは、いつもこうなのよ。尤も、編集者が男性の場合はべつだわ。用もないのにお手伝いさんを呼んだりお茶をいれさせたり……。デモンストレーションをやらせるわけよ」

またからからと笑った。しかしそれは冗談に決っている。どれほど勇敢な男性編集者でも、徹子に手をだすものがあろうとは思えなかった。彼女の怒りを買うことは、とりもなおさず出版界からの追放を意味していた。忽ち会社は馘になるし、他の出版社へ就職しようとしても、彼女がそこへ電話を一本入れればまとまりかけた話は一瞬にして破談になってしまう。大船徹子にはそれだけの力があるのだ。そうしたことを考えると、香魚子の表情がこわばってくる。いくら向うが機嫌よく喋りかけてきても、微笑がへんに歪んでしまう。そしてそれは、意識すればするほどひどくなった。

香魚子はぎこちない動作で靴をぬぎ、スリッパをはいた。

初めてとおされた仕事部屋は和室で、壁一面の大きな窓の下に紫檀（したん）の机がおかれてあり、原稿用紙やペン皿や辞書などがのせられていた。建物の位置から判断すると窓は南をむいているはずである。そう思って香魚子は窓の外に目をやった。すでにあたりは暗くなりかけている。銀座から新橋にかけてのネオンが色彩あざやかに明滅していた。

「お食事の仕度はさせてあるの。この机の上を片づけて、ここで頂きましょうよ。お仕事は食休みをしてからがいいわ」

香魚子は机の前にひざまずいて、いわれるとおり原稿用紙をべつの小机に移動させ、厚い座布団を向い合った位置においた。

その間に徹子は襖をあけて台所へ引っ込んでいったが、五分もしないうちに木彫りの盆にのせた幾鉢もの料理を捧げるようにして戻ってきた。ピンクのキルティングのガウンを着た姿は、見るからに台所仕事には不慣れな、ちぐはぐなものに思えた。香魚子はあわてて立ち上がり、駆けよって盆を受け取った。彼女も外食ばかりしていて炊事に慣れてはいないが、この女流作家に比べればまだどうにか恰好がつく。

「あら、お向うはこちら側に並べるんじゃありません」

「そうかもしれない。お料理関係の知識はゼロなのよ。これもお手伝いさんがこしらえてくれたものを、電子レンジで煖めただけなんだから」

徹子は気取らずに正直にいうと、また声をたててけらけらと笑った。

デザートのグレープフルーツを喰べてしまった徹子は、汚れた指先をハンカチで拭いてから、つと立ち上がって出ていったが、すぐに茶色の大型の瓶を持って戻ってきた。栓をとり、中身をころりと掌の上にとりだした。透明なカプセルは天井の照明をうけてつややかに光っている。眸をこらすと、白いザラメ様の粉がぎっしりと詰っていた。

「これ、効くのよ。ソ連の輸入なの」

健胃剤か消化薬のたぐいなのだろう、と香魚子は想像した。作家ばかりでなく編集者のなかにも、仕事が忙しくなると神経性の胃炎をおこすものが少なくない。彼女の周囲にもそうした男は二、三人いて、蒼い顔をして消化のいいうどんばかりするようになるのだった。しかし幸いなことに、香魚子の胃はタフであり、どれほど多忙になろうと、どんなに不規則な食事をしようと平気であった。

徹子がカプセルを口にふくんで、コップの水でながし込む動作を、香魚子はじいっと見つめていた。三十を越しているのに、喉の皮膚は、しわ一つなく、少女のように美しかった。

食事のあとで三十分あまり休息をした。意外なことに彼女はテレビのマンガに異常な興味を示して、熱心にブラウン管の動きを見つめ、可笑しいことがあると手放しで笑うのだった。そこには噂に聞く傲岸さは少しも見られなかった。

マンガが終ってても仕事にかかろうとはしない。ニュースがすみ、社会番組が始まってもいっこうに机に向う気配がなかった。そこには依然として汚れた食器がおかれたままになっている。香魚子が片づけようとすると、女中にやらせるから放っておいてくれというので、彼女としてはどうすることもできない。

八時になったとき、待ち切れなくなってそっと促した。女流作家はテレビから香魚子のほうに目をむけ、白い歯をみせた。微笑しているのは確かだが、どこかがいびつな微笑であった。いままでになく眸がぎらぎらと輝いている。

「原稿は書けているのよ」

「まあ。では、すぐに頂けますのね？」

「駄目よ、条件があるの」

感情をおさえつけたような、抑揚にとぼしい声でいった。

「どんな……」

「朝までつき合ってくれると約束すれば原稿を渡すわ」

「朝まで……」

場合によっては一泊するつもりで来たのである。だが、単に泊るだけにしては様子が変だった。彼女の目つきも尋常ではない。

「あなたもおさげ髪の女学生じゃないんだから、解るでしょ？」

彼女のいおうとしていることが、唐突に理解された。脈搏の速くなったのが自分でもはっきり判る。香魚子は逃げ路でもさがすように落着きなくあたりを見廻した。

「イエスかノーかはっきりして頂戴。あなたの返事次第では、ほかの雑誌社へ渡すこともありうるのよ」

「……………」

一概にはったりだとは思えなかった。すべての雑誌社が彼女の作品を欲しがっているのだ。ごくりと喉を動かすと、香魚子は唾を呑み込んだ。ここまできて原稿をもらわずに帰ることはできない。編集長に叱られるのも嫌だが、それよりも、加賀町子にそれ見たことかといった目でみられるのが耐えられなかった。

「考えることなんてないわ。一度経験すれば解ることだけど、それは甘美で楽しいものなのよ。早く返事をしなさいな」

彼女は一段とぎらぎらした目つきになった。香魚子は完全に追いつめられていた。承知するほかに方法はない。喉はからからに乾いてしまい、唾を呑み込もうとしても、その唾液が湧いてこなかった。

4

加賀町子は薬王寺ハルの原稿にてこずっている。彼女のどこが気にくわないのか知らないが、いかに頼んでも執筆に応じようとはしなかった。三カ月口説きつづけてやっとのことで貰ったのが三枚の随筆であった。

それにひきかえ、大船徹子は間に一カ月をおくと、十二月号まで毎回読み切りの短編を約束してくれた。いうまでもなくレズビアンに応じたための反対給付だけれど、それを知るものは当の二人以外にはない。

いまや香魚子はライバルの町子に大きく水をあけた恰好になった。部内での彼女の株は上昇する一方であり、町子は町子で次第に口数少なになっていった。動作にも顔色にも活気が失せてきた。心のなかでは口惜しさが沸騰しているに違いないのだが、そこは勝気な町子のことだ、あくまで表面は平静をよそおっている。そして自分の気が沈んでいることにふっと気づくと、黄色い声をあげてとってつけたように明かるくはしゃいで見せるのだった。底がみえているだけに、香魚子にはそれが可笑しくてならない。

しかし彼女が喜んで女流作家の求めに応じていたかというと、決してそうではなかった。この方面の趣味がない香魚子にとって、それは徹子がいうような甘美なものでもなければ楽しいものでもなく、やりきれないほど不健全で、淫猥な行為であった。加えて心の片隅には、篠崎英輔に対する背徳感が絶えずつきまとっており、徹子のように没入することができるわけはないのだ。それでいて、なおも相手のいいなりになって週二回の交渉を持っていたのは、ただ加賀町子を見くだしてやりたいという強烈なライバル意識があったからだった。

四月に入って予期しないことが起った。加賀町子が結婚を理由に退職願いをだし、それが受理されるとさっさと社をやめていったのである。社内で恋愛をしていた様子もなければ、縁談がすすんでいるという噂話も聞いたことがない。結婚するというのは口実にすぎず、敗北感にいたたまれなくなったからに相違なかった。

とうとうあの高慢ちきな女を叩きのめしてやった！　本来ならば快哉（かいさい）を叫ぶところだったのに、香魚子はうかぬ顔で空席となった机を眺めていた。心のなかで張りつめていた何物かが、急速にしぼんでいくような感じがする。いままで、ライバルを失ったときの虚しさがこれほど身にしみるとは、思ってもみなかったのだ。目標をなくした彼女にしてみれば当然のことだけれども、その週の徹子との交渉は耐えがたいものとなった。脂汗をうかべ白眼をむきだしにして、小鼻をひくひくさせている女流作家を、香魚子は冷たい目つきで見つめていた。徹子が喘（あえ）げばあえぐほど彼女は興ざめした顔になり、ときにはそっとあくびを噛み殺すこともあった。

「先生、ご存じでしたかしら、わたしに婚約者のいることを」

「いいえ、初めてよ」

ルージュをぬる手が止まり、三面鏡のなかの六つの目がいっせいに香魚子をみた。

「なんだかこの頃へんなんですの。気づかれたのじゃないかと思うんです。男の勘てばかにできませんわね」

「だからどうだっていうの?」

香魚子の意図するものが奈辺にあるかを見抜いたように、とげとげした調子になって問い返した。

「先生とのことが知れたら大変なんです。石部金吉(いしべきんきち)といいますか、とっても潔癖なたちですから」

「だからどうだというのよ。結論をはっきりおっしゃいな!」

「ですから、もう、先生とのことは、これきりにして頂きたいと――」

「あんたいま、婚約者が潔癖だとかいったわね?」

大きな声で詰問された。例によって女中たちは外出させられているから、喘ごうとわめこうと聞く人はいないのである。

「……はあ」

「じゃ訊くけど、わたしたちのすることが不潔だとでもいうの?」

「そうではありませんけど……」

「あんた思い違いをしているんじゃない? レズビアンって美しいものなのよ。そこら辺のフーテン娘のすることと混同されたら迷惑だわ。サフォーの昔から、女流文学者の同性愛はいくらでもいるの」

「はあ」

「わたしが香魚ちゃんを愛していること解らないの？　誰がなんといおうが放しゃしないわよ。もしわたしを裏切るようなことをしてご覧なさい、ただじゃおかないから。あんたの婚約者に会って、一切合財をぶちまけてみせるわ。いいこと？」

「いえ……」

弱々しく首をふった。

「困るでしょ。でもね、わたしのほうはレズビアンだって噂がひろまっても平気よ。男同士は汚ならしく恥ずべき行為だけれど、女のこれは、いまもいったとおり美しいものなんだもの、誰に聞かれたって困ることなんてないわ」

本気でいってるのか強がりなのか判断がつかない。だが、香魚子が公にされて困惑するのは否定できぬ事実だった。特にそれが篠崎英輔の耳に入れば、忽ち破談になってしまう。この女流作家がみせたすさまじい形相からおしはかると、英輔に告げるというのは単なる脅しだとは思えなかった。そして彼女がその気になりさえすれば、彼の住所や氏名をつきとめるのはたやすいことなのである。

しかし、と香魚子は目をとじる。だからといって、従来どおりこの女と淫靡な時間をすごすことは我慢がならないのだ。英輔との婚約を邪魔されてはならない。と同時に徹子との関係をたち切ってしまいたい。それからの香魚子は、寝ても覚めてもこの二律背反になやまされることになった。

その後も、徹子とベッドを共にするたびにそっと打診してみるのだが、いつかの彼女の発言が洒落や冗談でないことがいよいよはっきりとしてくるのみである。悪女の深情けという。徹子が悪女だというのではないけれど、深情けであることに変りはなかった。一体自分のどこがお気に召すのか、香魚子にはまるきり見当がつかない。

胸中にきざした殺意がいつ明確な形をとるようになったかということは、彼女自身にも解しかねただろう。煮立ったソースパンから容器にそそがれたゼリーが、じっくりと時間をかけて液体から固体になっていくように、彼女の殺意も、きわめて徐々にかたまっていったに違いなかった。

では、どうやって始末するか。最初に思いついたのは事故死にみせかけることであった。口実をもうけて窓際におびきだし、背後からつき落とせば即死はまぬかれない。後腐れがなくて最も簡便かつ確実な方法なのだけれど、もし徹子が歩道の通行人の上におちたら大変だ。そのことを考えると、この考えは捨てざるを得ない。

あれこれと勘案しているうちに、ひょっこりと思い泛(うか)んだのが、徹子が愛飲しているカプセル入りの薬のことだった。初めて目にしたときは消化剤か健胃剤だとばかり思っていたが、やがてそれはスタミナをつけるための強壮剤であることが判ってきた。行為の前に胃の薬をのむ馬鹿はいない。

そうだ、あれを利用しないてはないぞ、と香魚子は思う。カプセルの中身を毒物とすり替えておけば、きわめて容易にあの女を始末することができる。その死を見届けた上で、香魚子はこっそりと部屋をぬけだして帰ってくればいいのだ。いつものように二人の女中は浅草かどこかへ追い出されるだろうが、それは、徹子が誰からも邪魔されずに自殺するためだというふうに解釈されるに違いない。

遺書なんてないほうが本当らしくみえる。プライドのたかい作家が本音を吐いて死んでいくわけはないからだ。人々は流行作家が才能を濫費した挙句に死をえらんだと考えるだろうし、さもなければ、多忙な執筆に疲れ果てて服毒したとでも思うだろう。そして間もなく忘れられてしまう。香魚子はこれでいくことに決め、具体的な手段を練りはじめた。

五月の中旬のことである。

「沓掛（くつかけ）にいってみない？」

汗ばんだ肌を恥ずかし気もなくむきだしにして、唐突に徹子がいった。このペントハウスを覗くものはヘリコプターの操縦士ぐらいのものだから、情事のときにカーテンを引いたことがない。いまも、開け放たれた窓からさわやかな風が吹き込んでいた。

「別荘があるのよ。うるさいから人にはいわないの。麻雀でもやりにこられたら大変よ」

香魚子の頭は徹子の胸の上にあった。女流作家は香魚子の髪に指をつっ込むと、それを愛撫しながらつづけた。

「お仕事にも疲れたから二、三日いってこようと思うの。一緒にどう？」

「……いま頃の軽井沢っていいでしょうね」

故意に即答をさけた。その別荘を殺人の現場にしたらどうか。都会の光化学スモッグを脱出して、静寂な自然にかこまれて永遠の憩いにつくほうが彼女らしいではないか。しかしそのためには、香魚子が同行することは極力秘密にしておかなくてはならない。一応この場は軽井沢行きを辞退して、女中たちにも主人が単独で出掛けていったように思わせることが必要だ。素早くそう計算した。

「羨ましいですわ」

「でも自炊するのよ。さし当って必要なものは持っていくけど、パンや罐詰(かんづめ)はむこうで調達するの。いらっしゃいよ、有給休暇がたまっているんじゃない？」

「むずかしいわ。これから忙しくなるところですもの」

言葉をにごしておき、それとなく別荘の内部やその周辺の様子を訊ねた。庭つづきに別荘管理人の家があったりしてはなにかと具合がわるい。

悠長にかまえているときではなかった。香魚子はすでに出来上っていた計画を実行にうつすべく、最後の点検にとりかかった。すると、いままでうっかり見逃していた重大な問題に直面することになった。

毒入りカプセルをどうやって彼女に嚥ませるか、ということがそれである。いままでの徹子はつねに自分で栓をあけ、なかの一個をとりだして口に入れていた。そこには香魚子がタッチする余地はなく、しいて割り込めばその不自然な行動が怪しまれるもとにもなり兼ねないのだ。この肝心なポイントをどうするかということで香魚子は半日を無駄につぶしてしまった。

使用する毒物はすでに決めてあった。白ザラメに似た結晶といえばお誂え向きのシアン化加里というものがある。しかもそれは、会社の写真部へいけば現像用に保管してあるのだから、入手するには左程の苦労はいらない。親しいカメラマンを訪ねて雑談している間に、相手が席をはずした隙をみて素早く必要量をとってくればいいのだ。

しかし彼女が逢着(ほうちゃく)した難問も、ひと晩ねむった翌る朝、寝床のなかでもう一度検討しているうちにすらすらと解けていった。

まず徹子のところにあるものと同じ精力剤を買ってくる。そしてなかの薬をすべてぬきとり、かわりに毒物をカプセルに詰め替えたのちに、その瓶と彼女の瓶とをこっそり交換しておけばいい。そうしたことを知らぬ徹子は、いつものとおりスタミナをつけるつもりでカプセルを口に入れる。が、毒はどれにも詰めてあるのだから、彼女の死は百パーセント期待できるというものである。

ひと摑みの青酸加里を盗みだすことに成功した夜、目白のアパートの自室にとじこもると、扉にしっかりと旋錠しておいて重要な仕事にとりかかった。

大瓶だから百個入りである。抜いて詰めるといえば簡単な作業のようだけれど、単調な仕事を百回くり返すとなると大変だった。しかも青酸ガスを吸えば自分がやられてしまう。換気をよくするために窓をすかせる必要があるが、だからといって開けすぎて外部から覗かれては一大事だ。だしぬけにドアをノックされた場合にどういう返事をするか、予(あらかじ)めそのことも考えておかねばならない。香魚子にとって、これは予期した以上の重労働となった。

5

電話で軽井沢へ出発する日を訊きだしておくと、当日は作家を訪問しなくてはならぬからという口実で社をでた。小人数の出版社はともかく、大きな会社になると行動は比較的自由になる。雑誌編集の全員が顔をそろえるのは月に一回の編集会議のときか、二泊の慰安旅行ぐらいのものであった。

途中で駅に寄ると、ロッカーに預けてあったボストンバッグをとりだした。いうまでもなく、そのなかには毒物の瓶が入れてある。

十一時にマンションを出る予定、という話だったので、香魚子は十時頃から近くの喫茶店に腰をすえて監視をつづけた。ときどき時計をみ、一見したところ恋人を待ち合わせているふぜいだが、香魚子の大きな目は、ガラス窓をとおして通りをへだてた駐車場に釘づけになっていた。徹子の真赤なベンツがそこにある。

十一時を五分ほどすぎた頃に、小さなスーツケースを抱えた徹子があらわれた。長身だからスラックスが身についている。白枠のフォックス型のサングラスはスモークグリーンだった。それもまた、個性的な彼女の顔をぐっと引き立てていた。

「先生！」

　小走りに近づいて声をかけた。

「あら」

「やっと暇をつくったんです。ご一緒していいでしょうか」

　徹子は白い歯をみせた。微笑が顔いっぱいにひろがった。

「大歓迎よ。あなたが来てくれるとは思わなかったわ」

「でも一泊だけなんです。明日の朝帰らせていただきます」

「いいわ、さあ早く乗って。運転は旨いんだから」

　運転が上手だというのは嘘ではなかった。都内を走るときは制限速度をきちんと守っていたが、大宮から17号線にでるとにわかにスピードアップして先行する車を片端から追いぬいた。赤信号で一時停止をした場合でも、ダッシュが効くからあっという間に差をつけてしまう。

「たまにこうやって飛ばさないとストレスが解消しないのよ」

　前方から目をはなさずにいった。待ってらっしゃい、いまに永久に解消させてやるから、と香魚子は思う。

　高崎から左におれて18号線に入った。

「横川で昼食をとって、ついでに釜めしを買っていきません？　そうすれば晩ごはんの仕度はしないですみますわ」

「それもそうね」

時刻は一時半をまわっている。二人とも空腹を感じていた。しかしここで夕食用の釜めしを買おうと提案したのは咄嗟の思いつきではない。もし途中で夕食の仕度をしておかなければ、軽井沢の料理屋から店屋物をとろうということにもなりかねないのである。二人前の料理を注文すると、別荘にいたのは徹子ひとりでないことが知られてしまう。

そのような計画が練り上げられていることを、女流作家が知るわけもない。横川の町に入るとドライヴインで食事をとり、土産用の釜めしを積んでふたたび出発した。晴天だったから、ウィークデイにもかかわらず食堂は満員にちかい。女店員が香魚子のことを憶えていたとしたら奇蹟だ。

碓氷峠を昇りつめると、沓掛の別荘までは三十分もかからない。そこはありふれた別荘村のなかの一戸だったが、シーズンにはまだ間があるので、どの家も窓は閉じられたままで人の気配はしなかった。まず、目撃される心配はなさそうである。流行作家が建てた別荘を、香魚子は興味をもって眺めた。床全体が一メートルばかり高くなっていて、木の階段をあがるとそこは板張りのテラスだ。真夏のシーズンになればここにイスやテーブルをおいて緑したたる木陰でお茶を飲んだりすることになるのだろうが、いまはだだっ広いだけで、あたりに木が茂っているせいかじめじめした感じがした。

コテージ風の建物は外壁を白樺の丸太で張ってある。簡素な外観だが、白く塗られた窓枠と赤いスレート瓦の屋根とが印象的であった。収入の多い徹子にしては意外なほど小さな家だ。が、それもペントハウスにおける贅沢な暮しの反作用なのかもしれない。

「きっと埃がたまってると思うわ」

そういいながらなかに入った。しかし意外に内部はきれいだった。

「ちょっとお掃除すれば住めるわ。ここが居間兼食堂で、裏側に炊事場とお手洗とお風呂場がならんでいるの」

居間はやはり板張りで十二畳ぐらいの大きさだろうか、中央に木の丸テーブルと四脚のイスが、そしてテラスを向いた壁にそってソファがあるきりだ。

窓を開けると彼女はいった。

「安物しかおけないのよ。一度泥棒に持っていかれたことがあるの。警察ではヒッピーがやったんだろうっていってたけど」

香魚子は黙って頷いていた。彼女の心を占めているのは二つの瓶をいつすり替えるか、ということだけであった。徹子が精力剤を東京においてきたときは殺人を延期するほかはないけれども、持ってきたとすれば、それはスーツケースのなかにあることは確実である。だがスーツケースは、このせまい別荘のなかではつねに徹子の監視下にあるのだ。うっかり手をだすわけにはいかない。彼女は早くもいらいらしていた。

しかし、その機会は意外なことに先方からもたらされた。

「ちょっと失礼するわ。お風呂に水を入れてこなくちゃ」

浴室に入っていった。絡み合う前に入浴して体を清潔にするのが彼女の習慣だが、この場合も、なによりもまず汗を流そうというのである。とするならば、徹子が浴室にいる間にすり替えればいいわけだ。香魚子はようやく落着いた気持になり、鏡をのぞいて髪の乱れをなおしはじめた。

「疲れたわ。いまお茶の仕度をするから待ってて頂戴」

「わたしもお手伝いします」

「いいの、あなたはお客さんだからじっとしていて……」

　スーツケースから金属製の化粧函をとりだすと、銀紙につつんだチョコレートを鷲掴みにして、二つの木皿にのせた。わるくいえば動作が中性的ということになるが、じつは鷹揚（おうよう）なのだ。香魚子がチョコレート好きだといったのを覚えていたのである。

「この会社のチョコレートは甘すぎなくておいしいのよ。待っててね、お茶の仕度するわ」

　徹子は、香魚子が同行したのがよほど嬉しいとみえ、終始上機嫌で、疲れたといいながらもまめまめしく働いた。

　沸かした湯を緑茶のティーバッグにそそぎ、香魚子にすすめた。じつをいうと、彼女はできるだけ室内の物に手をふれたくなかった。対象がひろがればひろがるだけ指紋の後始末が大変だし、どれほど注意ぶかくやっても、消し残す危険性はある。茶碗を手にすればそこにも指紋がつくのだし、銀紙を剥けばむくで、指紋はそこにも残るのである。だからといって、チョコレート好きの彼女がチョコレートに見向きもしないのは不自然だった。止むなく一つをつまんだ。

「おいしいでしょ」

「おいしいですわ。クリームがとろけるみたい」

「洋酒やナッツが入ったのもあるのよ」

徹子が自慢するとおり、その辺で売っているチョコレートみたいに無闇矢鱈に甘くはなく、つい手がでてしまう。それに苦いお茶もおいしくて、気がついたときには三つも四つも食べていた。

「あら、カッコウが啼いていますわね」

茶碗をおいて耳をすませた。

「それに三光鳥も啼いていますわ」

「知らないわ、そんな鳥」

と、徹子は冷淡な口調でいった。

「あら」

「わたしが関係を持つのは人間だけよ。動物や植物なんかに興味ないわ」

「まあ」

「でもね、鴉にだけは興味ある」

「…………」

「以前だれかに飼われていたらしいの。人が恋しいらしくよく姿をみせるわ。わたしの顔をみるとターちゃんと声をかけたり、あははなんて笑ったりするのよ」

そういうと、徹子は自分がその鴉でもあるかのように、天井をむいてあはははと笑った。本気でいっているのか、からかっているのか、香魚子には判断がつかず、調子を合わせて曖昧(あいまい)に笑っておいた。

「お風呂わいたかしら。よかったら一緒に入らない？」

「でも……」

と香魚子はためらいをみせた。指紋ばかりでなく、彼女がここにいたという痕跡はどこにも残してはならない。濡れたタオル一本から足がつかぬとも限らないのである。

「恥ずかしがることないじゃないの。いまさら……」

香魚子の躊躇するわけを誤解したらしく、笑いながら浴室へ入っていった。そのとたんに、香魚子は用心深い目つきになった。イスに坐ったままで野鳥の声に耳をかたむけているように見えたが、彼女が聞き耳をたてているのは浴室の物音に対してだった。そして、間もなく湯をつかう音にまじって徹子の歌う声が聞えてくると、そっと立ち上がった。

まず自分のボストンバッグをあけて用意してきた手袋をはめ、毒の入った瓶をとりだした。そこでちょっと浴室の様子をうかがっていたが、ついで徹子のスーツケースのなかを覗き込んで、カプセルの瓶をさがした。

意外だったのは、徹子がカプセルを小出しにしてあり合わせの小瓶に詰めてきたことだった。べつに長期滞在をするわけではないのだから、邪魔っけな大瓶を持ってくる必要はないけれども、すり替えればいいと簡単に考えていた香魚子はちょっと当てがはずれた。

徹子のくぐもった歌声がとぎれとぎれに聞えている。香魚子は手早く徹子のカプセルの数をかぞえ、それをハンカチにくるんで自分のボストンバッグに落とし込むと、あらためて同数の毒入りカプセルを小瓶に移した。

その仕事を終えてから、テーブルの上の木皿や茶碗を台所へもっていって調理台にのせた。いくらお客だからじっとしていろといわれても、坐ってばかりもいられない。

後日、この現場に刑事がやってきたとき、そこに二人分の茶器と皿とがならんでいたら、客のあったことが忽ち判ってしまう。だから、彼女の分は、殺人のあとですぐ洗って食器棚にもどしておくつもりだった。香魚子の茶碗には口紅の痕がついているので一瞥（いちべつ）すれば区別がつく。チョコレートの皿は数の少ないのが徹子のほうだから、これも見ればすぐに判るのである。

汗をながすだけだから徹子は十分もしないうちに出てきた。

「香魚ちゃんも早く入んなさいよ」

「ええ、もう少ししてから」

徹子はバスタオルをまとい、スーツケースからあたらしい肌着をとりだして着用した。体を浄めたり下着をとりかえたりするのは、いかにも自殺者の覚悟のほどを示すようであった。徹子はなにも知らずに殺人計画の片棒をかついでくれるのである。

6

彼女が強精剤の瓶を手にしてじっと見つめたとき、さては気づかれたかとヒヤリとしたが、それは香魚子の思いすごしであったようだ。カプセルを掌にのせると何のためらいもなく口にふくみ、台所へ立っていったからである。間もなく蛇口から水のほとばしり出る音が聞えてきた。

「……わるいわね、お茶碗を片づけさせちゃって」

ハンカチでぬれた唇をふきながら戻ってきた。

毒物は速効性だけれど、膠様(こうよう)物質のカプセルが胃のなかで溶解するには、若干の時間を要する。香魚子がコップのなかで実験した際は、微温湯(ぬるまゆ)のなかでゆすぶってカプセルが破れるまで十一分かかっている。メダカは即死だった。胃の場合はさらに三、四分余計に要るのではないか。大体の目安をそこにおいて、時間の経過するのを待っていた。

しばらくは平気でいたが、五分ほどすると次第に胸がどきどきしてきた。血が頭にのぼり、同時に顔がほてってくる。気づかれたら最後だ、そう思って昂ぶる気持をぐっと抑えつけ、深呼吸を何回となくくり返した。表面は、窓辺に立って野鳥の声に聞き入っているポーズである。

「早く入りなさいよ。さめてしまうわ」

「はい。わたしぬるま湯が好きなんです」

声がふるえそうだった。

「ならいいけど……」

徹子はテーブルに鏡をたてて顔にアストリンゼンをぬり、あわくおしろいをはたいている。いい匂いが風にのって香魚子の鼻先をかすめた。死ぬ前に化粧をするなんていかにも女流作家にふさわしい身嗜(みだしな)みではないか、と思う。

時計をみた。もう十四分をすぎようとしている。そろそろ効いてきてもいい頃である。香魚子はこれ以上じっとしていることに耐えられなくなった。耳鳴りがしていまにも気がおかしくなりそうだ。

様子をうかがうべくそっと首をひねった香魚子は、徹子がテーブルの上に身を投げだしているのを知って唖然となった。走りよって手をふれたがすでに息はない。彼女はうめき声一つあげずに、あっけなく死んでいたのだった。

鳥の羽搏く音でやっとわれに返った。全身まっ黒な姿が窓の外をななめに横切って視界から消えた。それが話に聞いた笑う鴉かもしれない。そう思って耳をすませていたが、鴉は笑いもしなければ啼きもしなかった。

香魚子は歯車のように正確に動きはじめた。ふたたび手袋をはめると、瓶の中味をもとどおりに入れ替え、徹子の化粧箱をスーツケースに戻した。ついで茶器の始末をするために台所へいった。茶碗も木皿も、徹子の手によって調理台から水切りの上に移してあった。

香魚子は口紅のついた茶碗を洗って、さらに布巾で水気と指紋をふきとってから、食器棚にのせた。つぎに自分の残したチョコレートと銀紙と、それに彼女の分のティーバッグの水気をきって、ハンカチにつつんだ。木皿のほうは茶碗とおなじように指紋を念入りにぬぐっておき、食器棚の木皿に重ねた。

風呂の湯を落とすかどうかでちょっと迷ったが、汚れた水を入れっぱなしにしておくのは自殺者らしくないことだと考え、栓をぬいた。勿論、手袋をはめたままである。

同様に、自殺をとげるものが窓を開け放しにしておくことも不自然に思えた。香魚子は台所から居間、トイレと廻って窓という窓を閉じた。閉じるのは簡単だけれども、把手についている徹子の指紋を消すまいとしたので、ちょっと骨をおらされた。

慌てる必要はなかった。台所の壁に身をよりかからせて、香魚子はしなやかな腕を組んだ。徹子の死があまりにも静かだったせいもあって、彼女は冷静そのものであった。脅えてもいなければ怖れてもいなかった。

いま香魚子は二つのことで決断を迫られていた。一つは、自殺を覚悟してカプセル入りの毒物を用意してきた徹子が、同時に何回分かの精力剤を持参したこととの矛盾を、どう解決するかであった。徹子のスーツケースの精力剤をそのままにして立ち去るか、それとも香魚子が持って帰るか、どちらかに決めなくてはならない。

香魚子は、この女流作家が精力剤を女中たちに内緒にしていることを思い出した。

くすくす笑って「まさか精力のつく薬だなんていえないでしょ、だから栄養剤ってことにしてるのよ」と語ったことがあるのだ。

したがって今回この別荘にくるときも、女中の目にふれぬようこっそりと小出しにして、こっそりとスーツケースに入れたことは間違いない。だからそれが瓶ごと紛失していても、怪しむものはいない筈である。結論に達した香魚子はただちにそれを行動に移した。

もう一つは釜めしをどうするかということであった。彼女の分はいうまでもなく持ち帰る。が、徹子のそれは置いておくべきか、それとも精力剤と同様にボストンバッグに入れるべきか。現場に夕食用の釜めしがあっても必ずしも訝しいことはない。自殺を決行する前に、一両日じっくり考える気でいたかもしれないからだ。

とつおいつ考えていたが、結局それも持ち帰ることにした。この容器を利用して、英輔と共に釜めしごっこをしたら楽しいだろうと思ったからである。二つの釜めしを、香魚子はバッグに入れた。

すでに時刻は五時をすぎている。本来ならばすっかり暗くなるのを待ってから、闇にまぎれて脱出したいところだが、のんびり構えていたのでは東京着が夜中になってしまう。ボストンバッグを片手に扉から外を覗くと、慎重にあたりを見廻しておいて、辷（すべ）るようにバンガローをでた。

大船徹子の別荘には電話がない。出版社が重要な用件で連絡をしてきた場合に限って、女中が別荘あてに電話電報を打ち、それを受けとった徹子が近所の赤電話へ駆けつける、という仕組になっていた。

で、その翌日の午後のこと、ある出版社が徹子の原稿にちょっとした脱字のあることを発見して、それを訊きただすためにペントハウスに電話を入れた。例によって女中が軽井沢あてに電報を打ったので、地元の配達人がそれをとどけにいって、流行作家が死んでいることを見つけたのだった。

大船徹子の死はその夜のうちにテレビニュースでも放送され、殊に出版関係者の間に大きなショックをあたえた。翌日の朝刊をみると、予想したとおり創作のゆき詰りを云々する評論家の見解が載っていて、一読した香魚子はモーニング珈琲をのみながら、さも満足気ににやりとした。

出勤しても、編集部はその話で持ちきりである。仕事が手につかない有様だった。抜け目のない営業部の連中は早速ソロバン玉をはじいて、他社にさきがけて短編集をだそうではないかという案を持ち込んできた。

「谷川君、黒のスーツがなかったら用意しておけよ。葬儀にはきみも参列しなくちやなるまいからな」

「はい」

神妙な顔で答え、腹のなかでは舌をだした。

自信満々の彼女は、だから三日目の晩に二人の刑事の訪問を受けたときも、単に自殺の動機に心当りがあるかどうかを訊きにきたのだろうぐらいに考えて、気易く部屋に招じ入れると、座布団をすすめた。

「つかぬことを訊きますが」

と、年長の刑事が前置きをしてつづけた。

「大船さんが自殺された日のことですが、あなたは作家を訪ねるといって会社を出られたそうですな」

いきなり予期しないことをいわれ、香魚子はとたんに冷静さを失ってしまった。自分では判るはずもないけれど、唇まで蒼白になっている。

「どの作家を訪問されたのですか」

「…………」

即答できない。しきりに唇をなめていた。

「……急に頭痛がしたものですから、途中でここに帰ると寝ていたんです。結果的にはお仕事をサボったみたいな形になってしまったでしょう、だから編集長にもいいにくくて、黙っていたんですわ」

「なるほどね」

あっさり肯いて手帖に目をやっていたが、すぐに視線を香魚子にむけた。疑りぶかい、いやな顔をした刑事だった。

「寝ていたと称して、大船さんの別荘へいったのではないですか」

「まさか！」

「現場を調べているうちに気づいたのですが、大船さんのスーツケースのなかのティーバッグが一つ不足していたのです。出発する前に女中さんが十個入りの新品を買ってきて手渡したことは判っています。ところがいまもいったように、箱のなかは八個に減っていて、台所に使いかすが一袋捨ててあった。残るもう一袋がどこを探してもないのです」

しまった、そこを見逃したのは迂闊でありすぎた……。香魚子は唇を嚙みしめていた。

「それがきっかけで、現場にもう一人の人物がいたのではないかという疑惑が発生したのです。その人物は、自分がその場にいたことを知られまいとして、使用ずみのティーバッグを持ち去っている。当然、なにか疚しいことがあったに違いないのです。あの場合に後暗いことといえば、殺人です。自殺にみせかけた殺人です」

香魚子は息をのんだ。

「われわれは色めき立ちました。そこで指紋の検出をやってみると、台所にあった木の皿からも剝かれた銀紙からも、大船さんとは別人の指紋がでてきたのです。結論を申しますと、あなたの指紋でした」

「……そんな……そんな馬鹿なことが……」

喘ぐようにいった。香魚子は自分でなにを喋っているかも判らなくなった。

「わたしの分はちゃんと処分した筈なのに。……わたしのお皿のほうが数が多かったの。だから、それを持って帰った筈なのに――」

目を大きく見開いて言葉を切った。不意に香魚子は、あの不吉な黒い鳥の習性を思い出したのだった。ピカピカと光るすべてのものに興味をいだき、片端から自分の巣へはこんでいく鴉のことを……。あの日も開いている窓から入ってくると、銀紙につつまれたチョコレートを一粒ずつ口にくわえ、自分の巣へ二度三度と運んでいったに違いなかった。

「そうよ、それが大船さんのお皿だったんだわ。だから数が減っていたのよ……」

思わずひとりごとになっていた。刑事たちは彼女の言葉の意味を理解し得ずに、互いに顔を見合せた。

そのとき香魚子はあらぬ方角に目をむけると、小首をかしげて、なにかに聞き耳をたてているふうだった。刑事にはなにも聞えなかったけれど、香魚子は間違いなくあの鴉の笑い声を聞いたように思った。

解説

山前（やままえ）　譲（ゆずる）
（推理小説研究家）

本書は鮎川哲也氏の倒叙物をまとめた短編集である。舞台が多彩な八作が収録されている。

一九七一年八月に三笠書房より刊行された倒叙物の短編集『七つの死角』（集英社文庫版では『企画殺人』）の「あとがき」で、作者はこう述べている。

推理小説にくわしくない読者のために、倒叙物についてちょっと触れておく。本来ならば犯人の正体と犯行の次第は最後に明かされる筈（はず）のものだが、それを物語の頭にもってくるというさかさまの形式をとることから、倒叙の名が生まれた。英米の推理小説で言われる inversion の訳語である。

最初から犯人が割れているので、誰が犯人かという興味が犠牲にされることは言うまでもない。したがって作者としてとるべき方法は、おおまかにわけて、犯行後の犯人の動揺する心理を克明に描写するか、完全犯罪が予期せぬ出来事から崩壊していく過程をつづるかの二つしかないのである。前者は心理派やスリラー作家の領分であり、後者はわたしのような本格派の作家の領域ということになる。

　このようにミステリー界の専門用語であった倒叙物、それも本格派の倒叙物が人口に膾炙したのはやはり、一九七二年放映開始の『刑事コロンボ』や一九九四年放映開始の『古畑任三郎』といったテレビドラマがヒットしたせいだろう。しかし、鮎川作品のファンならば『チェックメイト78』を忘れてほしくないと言うかもしれない。鮎川哲也原案を謳ったこの倒叙物の推理ドラマは、一九七八年十月から一九七九年三月まで全二十二話が放映された。松方弘樹氏が演じる佐賀警部が謎解き役だった。担当プロデューサーのインタビューや飯城勇三氏による興味深い論考が、『刑事コロンボ読本』（二〇一八）に掲載されている。

　そして、このドラマの放映に相前後して、一九七八年十月から一九七九年四月にかけて角川文庫の「鮎川哲也名作選」が六冊、一九七八年十一月から一九七九年六月にかけて立風書房の「鮎川哲也短編推理小説選集」が六冊と、短編集が集中的に刊行された。横溝正史作品や森村誠一作品でのメディアミックスの流れに鮎川哲也作品が加わったことには驚かされたものだが、単行本未収録作品が多く収録されていたので、鮎川作品のファンにとって至福の時代だった。

本書収録作品を含めて、一九六〇年代後半から一九七〇年代に数多く書かれた鮎川作品の倒叙物には、特定の探偵役は登場しない。その代わり事件が起こる場所はアトランダムなので、本書では旅情ミステリー的な楽しみもある。

「晴のち雨天」(「小説現代」一九六五・九　日本文華社『リラ荘殺人事件』、角川文庫『死が二人を別つまで』、立風書房『プラスチックの塔』収録)の舞台は北陸の金沢だ。『プラスチックの塔』巻末の「作品ノート」には、〝金沢という都会には長編『死のある風景』の取材のため二泊したことがあり、そのときの記憶に依った〟とあった。『死のある風景』が刊行されたのは一九六五年一月だが、この作品でも繁華街などがかなり詳しく描かれていると言えるだろう。犯行現場となった卯辰山は金沢市の東側にあり、「日本の歴史公園100選」のひとつである。

「井上教授の殺人計画」(「週刊新潮」一九六六・二・十二　角川文庫『金貨の首飾りをした女』、立風書房『黒い版画』収録)の犯行現場は新潟県の石打の別荘(スキー小屋）である。『黒い版画』巻末の「作品ノート」には、〝わたしは寒さに弱いからスキーなんかとは縁もゆかりもないが、石打には初夏の頃に行ったことがある。石打という変な駅名にひかれて、ある人妻とともに、上野駅から準急に〟乗って石打駅で降り、〝駅前の弁当屋で駅弁を求めると、近くの野を流れる小川のほとりでそれを喰べた〟そうだ。石打駅の駅前には今も老舗の弁当屋があるけれど、人妻とのエピソードはにわかには信じがたい。ただ、『風の証言』でも舞台にしているから、多少なりとも土地鑑はあったのだろう。

石打は現在、南魚沼市の一部だが、上越で屈指の宏大なスキー場が愛好家を誘っている。ただ、かつてはそのスキー客で賑わった石打駅も、上越新幹線の開業で在来線の優等列車の多くが廃止となり、自家用車を利用する人が多くなった今は、かつての賑わいはないようだ。

結婚詐欺を重ねた過去を隠している作家が、東北地方を舞台にしてアリバイ工作を練るのは「偽りの過去」（「小説現代」一九六七・十一　三笠書房『七つの死角』、集英社文庫『企画殺人』、角川文庫『呼びとめる女』収録）である。そのトリックのコアとなっているのが仙山線沿線にある作並温泉だが、仙山線と言えばやはり愛子駅だろう。光文社文庫『アリバイ崩し』に収録されているある短編で、鮎川作品ならではのアリバイの謎解きが堪能できる。

倒叙物は犯人のミスがどこにあったのかが読者の謎解きの興味をそそる。ただ、そのミスがかなり特殊な知識をベースにしたものであったなら、読者は推理のしようがない。犯人もミスに気付きようがない。その意味では、「蟻」(「小説現代」一九六八・五　三笠書房『七つの死角』、集英社文庫『企画殺人』、角川文庫『囁く唇』収録)はちょっと犯人に同情してしまうのだが、その男が翻訳工房でロシヤ語を担当しているという設定には、別の興味が湧くに違いない。作者がロシヤ語に堪能だったからだ。

作中で触れられている『偉大なる王』の作者はニコライ・A・バイコフといい、帝政ロシヤの時代にキエフに生まれ、一九二三年にはハルビン博物館建設委員に選ばれているという。旧満洲国に材を取った著作が多数あり、もっとも知られている虎を描いた動物文学の『偉大なる王』は一九三六年の発表である。その頃、中国大陸遼東半島の大連に住んでいた作者にとっては、なじみ深い作品だったのだろう。

愛する人との結婚を夢見た女性が、花嫁衣裳を買う費用を捻出するためにとった手段は……偽札作り！　それを知られて殺人に手を染めてしまうのが「未草(ひつじぐさ)」(「小説エース」一九六八・十二　立風書房『新赤髪連盟』、角川文庫『蝶を盗んだ女』収録）だが、その犯人が偽札をドライヴインやガソリンスタンドで使っていく冒頭のシーンが、鮎川作品では珍しい展開ではないだろうか。

東京都から埼玉県、そして長野県とブルーバードで回っている。作者が運転免許証を持っていたとは思えない。誰かの車に乗せてもらって取材したのだろうか？　そう思わせるほどドライブの描写は細かい。未草とは日本原産のスイレンの一種で、その植物の習性が犯罪を暴く。ここでもちょっと犯人に同情してしまう。

「あんこう鍋」（「オール讀物」一九六九・二　新評社『わらべは見たり』、角川文庫『蝶を盗んだ女』収録）は車がアリバイ工作の鍵となっている。犯行は大洗海岸で、死体遺棄は東京で……。夫婦共同での犯罪工作なので、そのアリバイは常套的なものだが、ラストがちょっとひねってある。

あんこう鍋は茨城県の冬の味覚として有名だ。江戸時代には「三鳥二魚」と呼ばれる五大珍味のひとつだったという。肝臓、いわゆるアンキモは「海のフォアグラ」とも言われる。「ＥＱ」に連載していた「新・幻の探偵作家を求めて」の取材に筆者が同行して大洗の海が見える料理屋であんこう鍋を囲んだことがあった。見た目はグロテスクだが、鮎川氏は意外にもあんこう鍋が好物だったのかもしれない。

鬼貫警部シリーズにも同じタイトルの中編がある「首」（「オール讀物」一九七

○・九　新評社『わらべは見たり』、集英社文庫『透明な同伴者』、青樹社『殺人歌劇〈第二幕〉』収録）は、推理作家と編集者の軽妙な会話から始まる。

そこで話題となっている「推理小説研究」でのアンケートは第七号（一九六九・十二）に掲載されたもので、鮎川氏の答えを正確に引用すれば、〝本格長篇の基本となるのはトリックだが、それは理づめに考えぬいて案出するもので〟あり、〝ヒントやアイディアに頼るようになっては、私もオシマイだということである〟とのことだったが……。北アルプスの玄関口のひとつである長野県の大町（おおまち）周辺が舞台だが、近くにある有名な観光地の上高地（かみこうち）は何度か訪れたことがあったようだから、土地鑑があったのかもしれない。

最後の「笑う鴉」（「小説サンデー毎日」一九七一・六・八　集英社文庫『透明な同伴者』、立風書房『写楽が見ていた』収録）の犯行現場は軽井沢（かるいざわ）である。光文社文庫既刊の『白の恐怖』や本書収録の「未草」など、鮎川作品では軽井沢を舞台にしたものが少なくない。日本有数の別荘地は、作者にも読者にもイメージがはっきりと浮かぶことだろう。そしてここでの犯罪発覚の切っ掛けもわりとポピュラーな知識だろう。

一時期の鮎川短編で倒叙物が多かったのは、小説雑誌からの注文に応えてのものだった。短い枚数でいかに本格のテイストを醸(かも)し出すか。舞台や動機、アリバイ工作、あるいは犯人のミスなど、本書収録の作品からも作者の工夫の跡が読みとれるに違いない。

出典一覧

晴のち雨天　『プラスチックの塔』一九七八年十一月（立風書房）

井上教授の殺人計画　『黒い版画』一九七八年十二月（立風書房）

偽りの過去　「小説現代」一九六七年十一月号（講談社）

蟻　「小説現代」一九六八年五月号（講談社）

未草（ひつじぐさ）　『新赤髪連盟』一九七九年一月（立風書房）

あんこう鍋　『わらべは見たり』一九七八年六月（新評社）

首　〃

笑う鴉　『写楽が見ていた』一九七九年二月（立風書房）

光文社文庫

倒叙ミステリー傑作集
黒い蹉跌 鮎川哲也のチェックメイト
著者 鮎川哲也

2021年8月20日 初版1刷発行

発行者 鈴木広和
印刷 堀内印刷
製本 榎本製本

発行所 株式会社 光文社
〒112-8011 東京都文京区音羽1-16-6
電話 (03)5395-8149 編集部
8116 書籍販売部
8125 業務部

ISBN978-4-334-79231-2 Printed in Japan

組版 萩原印刷